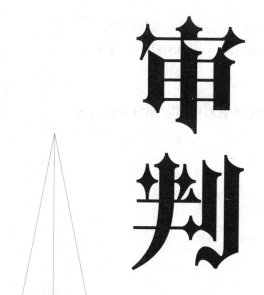

FRANZ KAFKA

[奥地利] **弗兰兹·卡夫卡** 著

颜秋静 译

朝華出版社
BLOSSOM PRESS

图书在版编目（CIP）数据

审判 /（奥）弗兰兹·卡夫卡著；颜秋静译 .
北京：朝华出版社，2024. 8. -- ISBN 978-7-5054
-5480-4

Ⅰ . I521.45

中国国家版本馆 CIP 数据核字第 2024DF8141 号

审　判

[奥地利] 弗兰兹·卡夫卡　著

颜秋静　译

选题策划	侯季初
责任编辑	刘小磊
责任印制	陆竞赢　訾　坤

出版发行　朝华出版社
社　　址　北京市西城区百万庄大街 24 号　　　　邮政编码　100037
订购电话　（010）68996522
传　　真　（010）88415258
联系版权　zhbq@cicg.org.cn
网　　址　http://zhcb.cicg.org.cn
印　　刷　三河市刚利印务有限公司
经　　销　全国新华书店
开　　本　880mm×1230mm　1/32　　　　字　　数　146 千
印　　张　7.75
版　　次　2024 年 8 月第 1 版　　2024 年 8 月第 1 次印刷
装　　别　平
书　　号　ISBN 978-7-5054-5480-4
定　　价　39.90 元

目录

第一章

被　捕

约瑟夫·K被人冤枉了，肯定是。他知道自己没犯什么错。但是，有天早上他被捕了。每天早上八点，格鲁巴赫夫人的厨师就会给他送来早餐——格鲁巴赫夫人是他的女房东，但今天厨师没来。这样的情况，以前从未出现。K等了一会儿，头枕着枕头，望着他对面的老太太。他发现，老太太正用一种好奇的眼光看着他，她平常很少这样。他又饿又慌，按了按铃，立刻就有人敲门，一个男的进来了。以前，他从未在房子里见过这个男人。这个男人身材偏瘦但结实，黑色的衣服很合身，有很多褶皱和口袋，还有很多带扣和纽扣，中间束着腰带。这一切，都给人一种很实用的印象，但说不上来，究竟这些东西都有什么具体的效用。K从床上坐起来，问："你是谁啊？"但那个男人没回答，似乎他来就来了，K只要接受这个事实就好。他只是问K："你按的铃？"K说："安娜该给我送早餐了。"K起初沉默着，想通过观察和思考，搞清楚这个人究竟是谁。但这个男人没站多久，就走到门口，打开一丝门缝，对外面的人说："他想让安娜给他送早餐。"隔壁传来几声笑声，听不出来有几个人。那个奇怪的男人像做报告一样对 K 说："那是不可能的。"K 说："这样的事情还是第一次发生，我想看看谁在隔壁，为什么格鲁巴赫夫人让我受到这样的困扰。"K 一边说着，一边从床上跳起来，快速穿上裤子。他立刻意识到，自己没必要说那么大声，也应该对他们的权威有所尊重。但当时，这些对他来说都不重要。至少，那位陌生人是这么理解的。他对 K 说："你不觉得自己最好待在这儿吗？"

"我才不想待在这儿，也不想跟你说话，除非你告诉我你是谁。"陌生人说："我是为你好。"这一次，他没等 K 要求，就打开了门。K 走进隔壁房间，比自己想象中的速度要慢一些。一眼望去，房间跟头天晚上差不多。这是格鲁巴赫夫人的起居室，摆满了家具、桌布、瓷器和相片。可能今天比平常多了点儿空间，但并不明显。最明显的区别，就是敞开的窗户边上，坐着一个人。他本来在看书，忽然抬起头来，对 K 说："你该待在自己的房间里！弗兰兹没告诉你吗？"弗兰兹还待在走廊里，K 来来回回地看着沙发上的人和弗兰兹，问道："你们想干什么？"窗户开着，他又注意到那个老太太：为了能看清一切，她凑到窗户边上来了。她八卦的样子，仿佛真的上了年纪。K 说："我想见格鲁巴赫夫人……"他的动作，像是要摆脱那两个人出去，尽管他们跟他有一段距离。窗边的男人说："不行。"那个男人把书扔到咖啡桌上，站起来了。"你被逮捕了，哪里也不能去。"K说："好像确实如此。"他接着又问："为什么抓我？"

"这个我们不能告诉你，回房间等着，正在走程序，时候到了，你就什么都知道了。真希望你别跟别人说，我对你这么友好，这不是我该做的，也不是我的工作范畴。不过，你可以告诉弗兰兹，他知道了也不要紧，按照规定，他也不该对你这么好的。你这种好运气，要是能一直维持下去的话，估计你会没事的。"K想坐下，但他发现，除了窗户边上的那把椅子，屋里再没地方可坐了。弗兰兹说："你会知道所有真相的。"他们两个朝K走过来。这两个人比弗兰兹高大得多，尤其是第二个人，他还老是拍弗兰兹的肩膀。他们俩注意到K的睡衣，就对K说，他不该再穿质量这么好的睡衣了。以前的睡衣和内衣，他们先替他保管着，要是案子能有个好结果，他们再还给他。他们说："把这些东西给我们，比你放储藏室里强。储藏室最近老是丢东西，而且，过段时间，不管结不结案，他们都会把东西卖了。这样的情况会持续很久的，尤其是那些新入库的物品。他们会给你钱，但不会给你多少钱。因为，这些东西卖多少钱不重要，重要的是，他们能赚多少钱。这样的东西，转了一手又一手，年复一年的，也没什么价值了。"K几乎没注意到他们在说什么。自己还能对什么东西有所有权，谁会决定这些东西的命运，对K来说都不重要。对他来说，弄清自己的处境最重要。但他想不明白，这两个人只可能是警察。第二个人身体正朝向他，肚子上有赘肉，单看肚子挺和善的。可是，K一抬头，就看到那张枯瘦的脸，和身体一点儿都不搭。他硕大的鼻子扭向一边，仿佛忽略K的存在一般，跟另一个警察交流着。这些是什么人？他们在说些什么？他们属于哪个部门？毕竟，K生活在一个自由的国度，处处和平，人们遵纪守法。这是在他自己家里，谁敢用这样的态度跟他说话呢？他对待生活一向随意，相信船到桥头自然直，从不担心未来，就算面临威胁也是如此。但现在，似乎不能再这么做了。他可以把这一切都当作笑话，是他银行的同事不知出于什么原因跟他开的玩笑。也许因为今天是他三十岁生日，绝对有可能是这个原因。可能他应该做的，就是对警察笑笑，然后，他们就会和他一起笑。可能他们是街角的销售员，看上去有点儿像——自从看到弗兰兹的第一眼，K就决定，要从这两个人身上竭力争取权益。风险还是有一些的，人们过后可能会说，他连个玩笑都看不懂。但是，尽管他不习惯从经验中学习，但他还是记得，在一些不重要的场合，他表现得不够谨慎，有些朋友就比他谨慎。不考虑后果，就要承担后果。他不希望这种事情再次发生，至少这次不希望。如果他们要玩，他就陪他们玩。

他还有时间，他说："让一下。"他从两个警察之间穿过，匆匆跑回自己的房间。他听见他们在后面说："这人很敏感啊。"一

6

回到房间，他就迅速拉开书桌的抽屉。抽屉很整洁，但让他心烦的是，一时之间找不到他的证件。他终于找到自己的自行车许可证，想回去找那两位警察，又觉得就这一个证件太单薄了。于是，他继续找，找到了出生证明才罢手。他刚回到隔壁房间，另一边的门开了，格鲁巴赫夫人正要进来。她出现的时间很短，因为她一认出是K，就觉得尴尬，说了句抱歉就消失了。出去的时候，很小心地把门关上了。K本来可以说："别走，进来啊。"但现在，他站在房间的正中间，手里拿着证件，依然看着那扇再也没有打开过的门。他呆立在那儿，直到警察吼出声。窗户开着，警察坐在小桌旁，正在吃早餐。K问："她怎么不进来？"大个子警察说："没让她进来。你不是被抓起来了吗？"

"但是，为什么要抓我？这是怎么回事？"警察拿起一片黄油面包，蘸了蘸蜂蜜："你又来了，这样的问题我们不回答。"K说："你们必须回答，这是我的证件，给我看看你们的证件，我要看逮捕令。"那个警察说："我的上帝啊！你现在都这个处境了，还想发号施令啊？不跟我们站在一边，对你一点儿好处都没有，可能你自己觉得有。现在，我们可能是这个世界上对你最好的人了！"弗兰兹说："真的，这个你得知道，你最好相信我们。"弗兰兹端起一杯咖啡，没有送到嘴边，而是看着K。弗兰兹的眼神大有深意，不过K看不懂。K在跟弗兰兹无意识且沉默地交流。发现这一点以后，K用手拍了拍他的证件："这是我的证件。"大个子警察大声回道:"你给我们看干吗?你的表现,还不如一个孩子。你想要什么?你觉得,跟我们聊聊证件,问我们要逮捕令,这件流血的大案子就能很快结束了?我们只是警察,我们能力有限。像我们这样的小警察,不知道你拿的都是什么证件。我们要做的,就是一天十小时看着你,这样才能领工资。我们真的能力有限,容我提醒你,我们能做的,就是让我们长官知道,他们要抓的是哪种人,为什么要抓这个人。签发逮捕令前,他们就要知道这些,没问题。我只了解底层的工作。据我所知,我们警察局是不会出去满大街找罪犯的,按照法律所说,都是那些犯罪行为把他们拖出去的,他们只好再把我们派出去,这就是法律,你觉得哪里有问题?"K说:"我不知道有这种法律。"那个警察说:"那你的处境就更糟了。"K说:"可能这种法律只存在于你的脑海里。"他想通过某种方式,影响并改变这两个警察的思维,为自己谋求最大的利益,或者让自己舒服点儿。但那个警察不屑地说:"法律影响到你的时候,你就知道了。"弗兰兹也加入了谈话:"瞧瞧,威廉,他承认自己不懂法律了,还说自己是清白的。"另一个警察说:"没错,但我们跟他说不明白。"K不再和他们交谈了,他想:我真的要和这些基层公务员纠缠这样的对话吗?他们都承认自己是底层的人了。不管怎么说,他们对自己谈论的东西一无所知。他们如此有自知之明,都是因为他们愚蠢。我找个和我社会阶层一样的人聊,一切就会明朗多了,起码比跟这两个人说半天有效果。他在房间里来回踱步。现在，街对面，他能看到那个老太太搀了一个比她年纪大得多的老头，老太太从后面环抱着老头。K必须结束这场闹剧："带我去见你们的长官。"那个叫威廉的警察说："除非他想见你，不然你见不到他。"威廉接着说："我现在给你的建议是，回你的房间安静等着，有事会叫你，你要是听我们的建议，就别费力气想那些无意义的事，你得好好休整，后面需要你做的事还多着呢。我们对你这么好，你不该这么对我们。别忘了，不管我们是谁，起码还是自由人，你已经不是了，单这一点我们就比你强。虽然你这样对我们，不过，如果你有钱的话，我们还是愿意去路对面的咖啡馆，帮你买个早餐。"

K没接话，只是静静地站了一会儿。也许他打开隔壁的门，甚至打开前门，那两个警察也不敢拦着他。危急关头，这可能是解决整件事最简单的方法。但也有可能，他们会抓住他，如果他被打翻在地，就什么优势都没有了。所以，他决定采取更稳妥的方法，顺其自然，一言不发地回房间等着，警察也没再说话。

他倒在床上，从梳妆台上拿下来一个苹果，那苹果一看就很好吃。那是他昨晚上放那儿，准备今天早上当早餐的。现在，这是他仅有的早餐了。想明白这一点，他开始吃苹果，大口大口地咬下去。那两个警察还说要帮他去那个脏兮兮的咖啡馆买早餐，相比起来，苹果的味道好多了。他感觉良好，自信满满。早上没去银行上班，但他毕竟也算高层，找个借口很容易。该不该解释一下呢？他在想。如果没人信他，目前看来也能理解。若是这样，他可以让格鲁巴赫夫人为他作证，街对面那对老年夫妇也行，可能他们现在正往对面的窗户挪呢。K感到困惑，至少，站在警察的角度想，他觉得困惑。他们让他进屋，一个人待着。他岂不是有很多种方法可以自杀？但同时，他又站在自己的角度上问自己，为何要自杀。也许，就因为隔壁坐着的那两个人，拿走了他的早餐？这样死也太不值得了。就算他想自杀，这么不值得，他也下不去手啊。可惜这两个警察明显智商有限，不然他们可能也会得出同样的结论：把他单独留在房间里很安全。要是他们想看，现在就能看到：K走到壁橱边，拿出他收藏的一瓶上好的荷兰杜松子酒，先倒了一杯，权当早饭；又倒了一杯，为自己壮胆；最后一杯，以备不时之需。

忽然，从隔壁房间传来一声大吼："督察要见你！"他吓了一跳，牙齿都碰到了玻璃杯。他是被弗兰兹突如其来的吼声吓到了，那简单粗暴的军事吼叫。就消息本身而言，K还是感到高兴的。他回吼道："终于叫我了！"然后锁上壁橱，马上赶到隔壁房间。那两个警察站在那儿，理所当然地把他赶回卧室，好像这件事很重要一样。他们哭喊着说："你知道自己在做什么吗？就穿个衬衣就去见督察？他会狠揍你的，连我们都不能幸免！"K已经被推到他的衣柜前："看在上帝的分上，放开我！你们从床上把我抓起来的，不能指望我穿着晚礼服吧？"

"这样对你一点儿好处都没有。"K开始大吼大叫时，那两个警察总会变得很安静，几乎可以说是很悲伤。他们想用这种方式迷惑K，或是想让他恢复一些理智。"荒谬的形式！"他嘟囔着，从椅子上拎起外套，用两只手拿着，似乎想让警察检查一下。他们摇了摇头："得穿黑色的外套。"K把外套扔在地上，自己都不知道这样做有什么意义："毕竟，不是主审。"警察笑了，依然坚持："得穿黑色的外套。"

　　"好吧，如果能让事情进展顺利的话，我没意见。"K打开衣柜，花了好半天时间找衣服，选了一套最好的黑色西装，里面还有一件短夹克。以前穿这套衣服的时候，认识他的人都感到惊艳。然后，他又拿出一件新衬衫，开始装扮自己。K悄悄告诉自己，他已经成功推动了事情的进展，因为那两个警察都没想起来让他先洗个澡。他注视着他们，看他们能不能想起来，答案当然是不能。但威廉没忘了让弗兰兹去督察那里报告，说K正在穿衣服。

　　穿戴完毕后，K要经过威廉身边，因为他要穿过隔壁房间，才能到另一个房间。通向那个房间的门，已经敞开了。K非常清楚，这房间最近租给了一个打字员，她叫布尔斯特纳。她习惯早出晚归的工作，K跟她说过几句问候的话。现在，她床边的桌子被拖到房间的正中央，用来办理K先生的案件，督察就坐在桌子后面。他双腿交叠，一只胳膊搭在椅子后背上。

在房间的角落，有三个年轻人在看墙上的照片，那是布尔斯特纳小姐的照片，贴在一块布制品上，布制品挂在墙上。窗户开着，一件白色宽松的女士上衣挂在窗户把手上。街对面的窗户那里，还站着那对老年夫妇。他们后面又多了一个人，比他们高得多，衬衫敞着，露出胸膛，他总用手捋着自己那红色的山羊胡须。督察环顾了下房间："约瑟夫·K？"这句问话，似乎只是为了吸引K的注意力。K点点头。"我敢说，对今早发生的事情，你感到很惊讶。"桌上的东西本来就很少，但督察一边说，一边用双手把东西推到一边去：蜡烛、火柴盒、针线包，还有一本书。督察摆弄着这些东西，好像自己会用到一样。K说："那是自然。"他的心情放松了，终于有个讲理的人了，他可以跟对方说说自己的处境。"我当然惊讶，但也不是非常惊讶。"

"不是非常惊讶？"督察边说，边把蜡烛摆到桌子中间，其他的东西放在蜡烛周围。K赶紧说明："可能你不是很明白我的意思。"

"我的意思是说……"K忽然停下来，找能坐的地方。他问："我能坐下吗？"督察说："这就不同寻常了。"这次，K一秒都没停顿："我的意思是……对，我是觉得惊讶。但是，一个三十岁的人，应该要自己克服一切困难了，这就是我的命运。这样的人，对惊讶已经麻木了，不会太把它当回事了，尤其是今天的事。"

"为什么尤其是今天的事？"

12

"我觉得，这一切我都不能只当作玩笑了，你们费心做了那么多安排，这所房子里的每个人肯定都参与了，你们也都参与了，这超过玩笑的范围了，所以，我想说，这不是个玩笑。"督察看了眼火柴盒里剩下的火柴："说得对。"

"但是，从一方面来说，"K 环顾着在场的每一个人，甚至希望那三个看照片的人也能关注自己，"从另一方面来说，这真的没那么重要，这都是因为一个事实，我被控告了。但是，我想不出来自己做过一点儿能被别人控告的违法的事情。不过这也不是重点，重点是：谁把我告了？哪个办公室在主导这件事？你们是官员吗？连个穿制服的都没有。除非，你们现在穿。"说到这里，他转向弗兰兹，"这是制服？看上去更像度假的衣服。就这些问题，我需要一个明确的答案。我敢保证，一旦事情水落石出，我们都能开心地离开。"督察把火柴盒拍在桌子上："你犯了一个大错误，这些绅士和我，对你的事情都一无所知。事实上，我们对你也一无所知。我们可以如你所愿穿上制服，但你的处境不会有什么变化。至于为什么告你，我也解释不清楚，是不是真有人告你我都不知道。反正你被抓了，这点你也很清楚。除此之外，我什么都不知道，或许这些警察跟你闲聊了几句。你的问题我不能回答，但我可以给你一点儿建议，你最好少琢磨我们，少琢磨都发生了什么，多琢磨琢磨你自己。别再嚷嚷自己是无辜的了，别人对你印象本来还没那么差，你一嚷嚷，印象就打折扣了。还有，少说点儿话，虽然你也没说几句话吧，但你说的话，我们从你的行为上就能了解了。而且，你说的话其实是对自己不利的。"

K瞪着督察。这个人，可能比自己年龄还小，就可以像学校的老师一样教育他吗？这是他实话实说的报应吗？所以，为什么抓他，抓他的是谁，这些都无法知道吗？他有点儿生气了，开始来回走动，没人阻止他。他撸起袖子，摸摸胸口，拨弄拨弄头发，走到那三个人面前。"这毫无意义。"那三个人转过脸来看他，一脸认真地朝他走来。他终于又停在督察桌子前。"州检察官黑斯特罗是我的好朋友，我能给他打电话吗？"督察说："当然可以，但我不知道这样做有什么意义，可能你有些私人事务，必须跟他讨论一下。"K吼道："有什么意义？！"与其说是愤怒，不如说是困惑。"你以为你是谁啊？还希望我做点儿有意义的事，你们做的事有意义吗？我觉得，你们都应该无聊到想哭，现在站着坐着的那些绅士，先是抓了我，又把我拖到你面前来。我人都被抓了，给州检察官打电话有什么意义？很好，这个电话我就不打了。"督察伸出手，朝放电话的外屋一指："想打就打吧，去吧，去打吧。"K说："不，我不想打了。"随后他走到窗前，街对面，人们还在窗前。K走到窗前时，他们才觉得，静静地围观有些尴尬。那对老年夫妇想起身，但后面那个人让他们冷静。K用食指指着他们，大声地对督察说："我们那边还有几个观众呢。"然后，他冲对面喊道："滚！"那三个人立刻退了几步，那对老

14

年夫妇甚至躲到了男人身后。那个男人立刻用自己宽阔的身躯挡住他们，从他的口型来看，他似乎说了些什么，可是听不懂。然而，他们并没有完全消失。他们似乎在等待机会，等没人注意的时候，再重回窗边。"一点儿也不为别人考虑！"K边说，边转向屋内。这一点，督察可能也赞同，至少K是这么想的，他用余光看到的。但也有可能督察根本就没听他说话，因为那个督察，把手掌贴在桌子上，似乎在比较自己手指的长度。那两个警察坐在一个箱子上晃着腿，箱子上盖着花毯子。那三个年轻人把手放在膝盖上，茫然地看着四周。一切都静止了，这个办公室像是被人遗忘了一般。K忽然说："现在，先生们。"有那么一刻，他像是把所有人的责任都担负在肩上。他说："你们在我这儿的工作好像已经结束了。在我看来，最好也别再想你们是对是错了，我们握个手，和平告别吧。如果你们也这样想，那请……"他走到督察桌边，伸出手去。督察抬眼看着K伸出来的手，咬了咬嘴唇，K仍然相信，督察会听从他的建议，但督察只是站起来，从布尔斯特纳小姐的床上拿起一顶硬圆帽戴上，用两只手整了整，像试戴新帽子一样。他对K说："对你来说，似乎什么都很简单，是吧？所以你觉得，我们应该和平结束这一切。不，不可以。另一方面，容我提醒你一下，我当然也不想让你以为，自己毫无希望了。不会的，你怎么会那样想呢？你只是被抓起来而已，我就是这么跟你说的，也是这么做的，我也看到你的态度了，今天也差

15

不多了，我们可以离开了，起码现在可以离开，估计你现在也想去银行了吧？"K说："去银行？我不是被抓了吗？"K说话的口气带着几分蔑视。虽然对方没跟他握手，他却越来越觉得，这些人和自己毫不相干，尤其是督察起身以后。K在跟他们玩，他决定了，如果这些人真走，他就跟着他们，问问他们：要不要再把我抓回去啊？所以，他甚至还重复了一遍："我都被抓了，怎么还能去银行呢？"督察已经在门口了："我想你误会了，你确实被抓了，但也不能影响你工作啊，也不能影响你日常生活。"K走近督察："那样的话，被抓起来也不是太糟糕。"督察回道："我也没说，被抓还有别的什么意思。"K说："那样的话，也不必特意通知我这件事。"K离督察更近了，其他人也走近了一些，所有人都挤在狭窄的门口。督察说："这是我的职责。"K毫不让步地说："愚蠢的职责。"督察说："可能吧，我们不要再浪费时间扯这些了，我估计，你想去银行了。既然你这么重视我说的每一个字，那我就再说几句：我不是强迫你去银行，我只是觉得，你想去，为了给你减少麻烦，让你顺利到达银行，我把这三位绅士留给你，他们是你的同事，供你差遣。"

"什么意思？"K大嚷起来，震惊地看着这三个人。他只记得在合影中见过这三个人，这些没有活力的普通年轻人，虽说是银行的职员，也只是低级职员而已，说是他的同事，未免抬举他们了。督察这么说，也显示出自己的无知。K怎么就没认出来呢？

16

都是那些督察、警察的，牵扯了他多少精力，连这三个人都没认出来！拉本斯坦纳举止拘谨，双手经常晃来晃去；库里奇头发金黄，眼窝深陷；而卡米纳，由于长期肌肉抽搐，总是不由自主地笑。K说："早上好啊。"过了一会儿，K伸出手去，跟他们握手，那三个人礼貌地欠身回应。"我都没认出来你们。那？我们现在去上班吧？"三位绅士笑了，热情地点头，仿佛他们一直在等这一刻。只是K把帽子落在房间里了，所以他们全都冲进房间找，显得有些尴尬。隔着两扇打开的门，K站在那里看着。落在最后的，显然是性子冷淡的拉本斯坦纳，他迈着他那优雅的小碎步前行。卡米纳拿到了帽子。像在银行的时候一样，K得提醒自己，卡米纳不是故意要笑的，就算他想故意笑也笑不出来。所有人都在起居室里，那时，走廊通往起居室的门开了，是格鲁巴赫夫人打开的，她似乎没有任何罪恶感。K像平常一样，看着她腰间的围裙带。格鲁巴赫夫人身体肥胖，围裙带就这么无端地深深嵌入腰间。下楼以后，K手里拿着表，想打个车，他已经晚了半个小时了，没必要再耽误时间。卡米纳跑到角落去打车，其他两个人在努力分散K的注意力。库里奇指了指街对面房子的门廊，那个留着金黄色山羊胡的大个子男人觉得自己被人看到有点儿尴尬，就踱回墙边，身体斜倚着墙。那对老年夫妇可能还在楼上。库里奇指着他的时候，K感到愤怒，其实K早就猜到那人会出现，也早就看见他了。"别看他！"他开始闭眼休息，完全没有意识到

17

自己对自由人这么说话有多奇怪，不过也不需要什么解释了，因为计程车开了，他们坐了进去，出发了。在车上，K想起来，他还没注意那些督察和警察离开了没有。刚才，督察吸引了他的注意力，导致他没看到那三个银行员工，现在，那三个银行员工又吸引了他的注意力，导致他没注意督察在做什么，这说明K不够留心。K决定，以后在这方面要多留心。他没再多想，趴在汽车后座上，看着后面的窗户，希望能看到督察和警察。不久后，他又转过身来，舒服地靠在汽车的角落里，不再看任何人。此刻，他需要一些鼓励，虽然表面上看不出来。那三位绅士似乎是累了：拉本斯坦纳往右边的车窗外看；库里奇往左边的车窗外看；只有卡米纳，脸上挂着笑容，像是在等待K的差遣。嘲笑卡米纳的笑容是不讲究的。

那年春天，只要有空，下班以后K通常都是这样打发时间的——他常在办公室里待到九点，然后散个步，有时自己一个人，有时跟几个银行同事一起。然后，他会找个酒吧，在那些通常是比自己年龄大的常客桌边坐下，一直待到十一点。不过，这个习惯也有例外。比如，有时银行经理来看他，他就坐着银行经理的车去转转，或者去银行经理家的大房子里吃晚饭。K也会每周抽一天，去看一个叫艾尔莎的女孩。她在酒吧里当女服务生，整个晚上都要工作。白天，她躺在床上接待客人。

然而这一天，白天过得很快，因为工作辛苦，还收到很多礼貌友好的生日祝福。到了晚上，K 想直接回家。白天上班休息的间隙，他都在想（其实他自己也不确切地知道，自己究竟在想什么），因为早上的事情，格鲁巴赫夫人的公寓被搞得乱七八糟，他得让一切恢复原状。一旦恢复原状，所有烦乱的痕迹都被抹去，一切就能跟从前一样了。那三个人也没什么可怕的，他们埋首案头工作，也没见有什么变化。那天，为了观察他们，K 特意把他们叫到自己办公室来，有时单独叫，有时让他们一起过来。对他们的表现，K 很满意，每次都让他们回去了。

那天晚上九点半，K 回到他的住处，走到门前，看见一个小伙子站在门廊处叉开腿抽着烟。K 立刻问："你是谁？"他把脸凑近那个小伙子，因为门口灯光昏暗，看不清人。"我是房东的儿子，先生。"小伙子答道，把烟拿出来，走到了一边。"房东的儿子？"K 不耐烦地用手杖敲了敲地面。"您有什么需要吗，先生？需要我找我爸爸吗？"

"不，不用。"K 的语气里带着原谅，仿佛这孩子怎么伤害到了他，他在责备对方一样，"没事的。"他继续走，上楼梯前，又转过来一次。

K 本来可以直接回房间的，但他想跟格鲁巴赫夫人谈谈，就径直走向她的房间，敲了敲门。她坐在桌边织袜子，面前还有一堆旧袜子。K 道了歉，这么晚过来有点儿唐突。但格鲁巴赫夫人非常友善，她随时都愿意跟他聊天。K 很清楚，自己是格鲁巴赫

19

夫人最好的房客，她喜欢这个房客。K环视房间，还是跟以前一样。今早窗边桌旁的早餐盘子已经收拾起来了。他想："一个女人能干很多活儿，可惜别人都看不到。"要是换了他，可能把那些盘子都摔了，肯定不会都收走的。他有些感激地看着格鲁巴赫夫人，"您怎么这么晚还在干活儿？"K也在桌边坐下了，把手伸到那堆袜子里去。她说："需要干的活儿太多了，白天，我的时间是属于房客的，想做点儿自己的事情，只有等到晚上了。"

"恐怕今天我增加了您的工作量了。"

"K先生，你在说什么？"她似乎更有兴趣了，把活计搁在膝盖上，"我的意思是，今天早上的那些人。"

"哦，我明白了。"她平静地继续着手里的活计，"那不算麻烦，没什么特别麻烦的。"K沉默地看着她又一次拿起袜子。K想：我主动提起早上的事，她似乎觉得惊讶。她似乎觉得，我提不太合适。既然如此，那我就更得提一提，我也只能跟个老太太说一说了。他接着说："但肯定麻烦你了，这种事不会再发生了。"

"对，不会再发生了。"格鲁巴赫夫人也赞同，然后微笑地看着K，那种微笑几乎是带着伤痛。K问："您是认真的吗？"她更温柔地说："是，但更重要的是，你别太忧虑。这个世上，可怕的事情太多了！K先生，既然你对我如此诚恳，那我也跟你说点儿我从门后偷听到的，还有那两个警察跟我说的一点儿事情。这跟你的幸福有关，我很关心你的幸福，或许我不该，毕竟，我只是

20

你的女房东。但不管怎么说，我听到了一两件事，但我觉得，没什么特别严重的，不是那样的。你被抓起来了，但和他们抓贼不一样，如果跟抓贼一样，那就麻烦了，但是这样的抓捕……似乎是很复杂的事情——如果我说了什么愚蠢的话，请原谅我——这非常复杂，我理解不了，但也没必要搞清楚。"

"你说的话一点儿都不愚蠢，格鲁巴赫夫人。至少，我赞同其中的一部分。我觉得，这不仅不是什么复杂的事情，而且还是无中生有。我莫名其妙就被抓起来了。如果我没有一醒来就因为安娜没在那儿而感到困惑，如果我一起来就无视那些可能挡道的人而直接去找你，如果我破例在厨房吃早餐，如果我让你把衣服从我的房间里拿出来……简单地说，如果我之前没有表现得那么不理智，一切就不会发生了，后来的事都会被扼杀在摇篮里。人们经常毫无准备，比如，在银行里，我准备充分，类似的事情就不可能发生在我身上。我有自己的助理，面前的桌子上，放着内部电话和外部电话。我一直接待来访者、代表、官员。除此之外，最重要的是，我总是忙于工作，也就是说，我总是保持警惕。对我来说，遇到这种事情，反而是一种乐趣。但现在，一切都结束了，我真的不想再谈论这件事了，只是想听听你的看法，一位明智的女性的看法。很高兴，我们的看法是一致的，但现在，你得伸出手来，跟我握个手，表示赞同。"

她会跟我握手吗？督察都没跟我握手。他想着，开始重新打量这个女人。他站了起来，她也站了起来，有点儿意识不清，因为她没完全听懂 K 的话。结果，她说了一些并非出自本意的话，当然也不合时宜："别太忧虑，K 先生。"她的声音带着哭腔，当然，也就忘了握手。K 说："我没觉得忧虑。"他突然感到疲惫，即使这个女人赞同他。

出门前他问："布尔斯特纳小姐在家吗？"

"不在。"格鲁巴赫夫人微笑着传递这简单的信息，最终没说什么敏感的话，"她在剧院，你想见她吗？我给她带个信儿？"

"我，呃，就想跟她说几句话。"

"恐怕我不知道她什么时候回来，她去剧院的时候，通常都回来得晚。"

"真没事。"K 垂着头，走向门口，准备离开，"我只是觉得今天占了她的房间，想跟她道个歉。"

"没必要，K 先生，你太谨慎了，那位年轻的女士什么都不知道。她今天一早就出门了，一直没回家，一切都收拾整齐了，你照顾好自己就行了。"她打开布尔斯特纳小姐房间的门。"谢谢，我会记住您的话的。"K 说道，却走向那扇打开的门。月亮静静地照着房间，屋里没点蜡烛。所有的东西都摆在原来的位置，衬衫也没再挂在窗户把手上了。床上的枕头看上去特别高，像是躺在月光里一样。"布尔斯特纳小姐经常晚归。"K 看着格鲁巴赫夫人，格鲁巴赫夫人为自己辩解："年轻人就这样！"K 说：

"当然，但可能会出事。"格鲁巴赫夫人说："是有可能，就这事，你说得太对了，K先生。我可不是想说布尔斯特纳小姐的坏话，她是个甜美的好女孩，友善、整洁、守时、努力。这些我都特别欣赏，但有一点是真的，她应该矜持一点儿。就这个月，街那边，我都见过她两回了，两回都是跟不同的男人在一起。我真的不想说这些，我也就跟你说说，K先生，我敢对上帝起誓。但我也没办法，得亲自跟布尔斯特纳小姐谈谈。而且，我担心的还不止这一件。"K已经隐藏不住自己的怒意了："格鲁巴赫夫人，您搞错了。关于布尔斯特纳小姐，您误会我想说什么了，我不是这个意思。其实我也警告您，别直接跟她说什么。您真的误解了，我很了解布尔斯特纳小姐，她不是您说的那样。可能我离题太远了，我不想干扰您，您觉得怎么合适就怎么跟她说吧，晚安。"格鲁巴赫夫人像是在恳求些什么，匆匆跟他到门口，K已经打开门了。"K先生，我不想跟布尔斯特纳小姐说话，当然，我会看着她的，但我只跟你一个人说过。毕竟，做房东的，都希望房客能维持房子的声誉，我只是想这么做而已。"K从门缝处吼道："声誉！您要想维持房子的声誉，应该先给我通知。"随后，他摔上门。有人轻轻地敲门，他也没注意。

他一点儿都不想睡觉，于是决定熬夜，每次熬夜他都能知道布尔斯特纳小姐是什么时候到家的。或许还是有可能跟她说上几句话的，虽然不太合适。他躺在窗边，把手放在疲惫的双眼上，

23

甚至想了一会儿：不如劝说布尔斯特纳小姐跟他一起搬走，来惩罚格鲁巴赫夫人，但他立刻意识到，这样做太过分了，还会招致人们的怀疑，怀疑他因为早上的事情搬走了。没什么比这更无聊更卑鄙的了。

看着空荡荡的街，他也累了，就微微打开起居室的门，这样，躺在沙发上，他就能看见谁进了公寓。他躺在那儿，直到十一点钟，他再也受不了了，朝门廊走了走，似乎这样做，布尔斯特纳小姐就会早点儿回家。他对布尔斯特纳小姐并没有什么特别的欲望，甚至不记得她的长相。但现在，他想跟她说说话。她的晚归就意味着，充斥着不安和混乱的一天，也要在不安和混乱中结束了。他连晚饭都没吃，也没按原计划去看艾尔莎，这都是她的错。当然，如果他现在去艾尔莎上班的酒吧，这两件事都是可以弥补的，但他想晚点儿去，跟布尔斯特纳小姐讨论完再去。

已经十一点半了，走廊里传来人声。K在门廊处来来回回地大步走着，完全沉浸在自己的世界里，像在自己的房间里一样。听到有人来了，他赶紧躲回自己屋里。布尔斯特纳小姐回来了，她冷得抖了一下，就一边关门，一边用丝巾围住自己瘦削的肩膀。下一刻，她就会走进自己的房间了。K当然不能半夜跑进去，这就意味着，他必须得现在跟她说话。但不幸的是，他屋里还没开灯，就这样冲出去，别人会以为是袭击，那就会，至少会感到惊恐。没有时间了，他无助地透过门缝喊道："布尔斯特纳小姐！"听上去像是恳求，不像呼唤。布尔斯特纳小姐张大眼睛四处张望："有人在那儿吗？"

"是我。"K 出来了。布尔斯特纳小姐微笑着说："哦，K 先生！晚上好。"

"我想跟你聊聊，行吗？"

"现在？一定得是现在吗？有点儿奇怪吧？"

"我从九点就开始等你了。"

"哦，我在剧院，不知道你在等我。"

"我也是临时想跟你聊聊。"

"明白了，可以啊。就是挺累的了，我可能会倒下，那就来我房间聊几分钟吧。我们肯定不能在外面聊，会把每个人都吵醒的，那样的话，我想我们会比他们更难受。在这儿等着，我把房间的灯打开，再把这儿的灯关上。"K 照做了，甚至等到布尔斯特纳小姐从房间出来，再一次无声地邀请她才进去。"请坐。"布尔斯特纳小姐指着沙发，虽然她刚才说累了，却还站在床脚处；她连帽子都没摘，小巧的帽子上装饰着很多花。"你想说什么呢？我真的很好奇。"她温柔地交叉着双腿。

K 说："我以为你会说，那件事真的没那么急，我们不必现在就谈，但是……"布尔斯特纳小姐说："我从不听过场话。"K 说："那我就轻松多了。今天早上，你的房间被弄得有点儿不整洁，从某种程度上来说，是我的错。发生这些事，是因为那些我

25

不认识的人，这也不是我的意愿。但确实是我的过错，我想为此道歉。"

"我的房间？"布尔斯特纳小姐没有看自己的房间，而是仔细地看着K。"是的。"K说，第一次，他们看着对方的眼睛，"要说这一切是怎么发生的，毫无意义。"布尔斯特纳小姐说："这才是事情最有意思的地方啊。"K说："不是那样。"布尔斯特纳小姐说："好吧，我不想强迫别人说秘密，如果你坚持觉得没意思，那我就不问了。既然你说了，那我就原谅你了，没觉得不开心，因为没觉得什么东西弄乱了。"布尔斯特纳小姐用手捋了捋臀部的衣服，开始在房间里转悠。她停在挂照片的地方，嚷道："看看！我的照片都放错地方了。啊，太可怕了，真有人未经允许就进入我的房间。"K点点头，默默诅咒银行的卡米纳，这家伙总是热衷于做一些毫无意义的事。布尔斯特纳小姐说："这真是奇了怪了，有些事，我只能禁止您做了，本来就是您不该做的。比如，我不在的时候，进我的房间。"

"可我还没跟你解释呢。"K也过来看着照片，"你的照片不是我弄乱的，不过你不信我，我就只能承认。调查委员会带了三个银行职员来，肯定有个人动了你的照片，只要我逮到机会，我就开除他。"见布尔斯特纳小姐怀疑地看着自己，K又补充道："对，有个调查委员会。"她说："因为你？"K说："是的。"布尔斯特纳小姐笑了："不可能！"K说："就是因为我。你也相信我是清白的对吧？"布尔斯特纳小姐说："呃，清白嘛，我不想下什么论断，可能会引起严重的后果，毕竟我不了解你，要是派了调查委员会过来抓人的话，那肯定是严重的刑事案件了。但是，你现在没被拘留啊，至少你也没逃跑，还挺冷静的，所以不可能犯了那么严重的罪吧。"K说："是，也有可能，调查委员会也觉得我是无辜的，起码不是他们之前想得那么严重的罪。"布尔斯特纳小姐似乎非常感兴趣："嗯，那也是有可能的。"K说："听我说，你在法律方面没多少经验。"布尔斯特纳小姐说："确实如此，我没多少经验，也经常后悔，因为我好奇心重，对法律还特别感兴趣。法律自有一种魅力，不是吗？但我肯定会完善法律方面的知识，下个月，我就去律师事务所上班了。"K说："太好了，那这个案子你就能帮我的忙了。"布尔斯特纳小姐说："很有可能，我肯定会帮你的。我愿意尽我所能去帮你。"K说："我是很认真的，这点儿小事我觉得找律师没必要，但我需要能给我建议的人。"布尔斯特纳小姐说："没错，我可以给你建议，但首先我得知道到底发生了什么。"K说："问题就出在这儿了，我也不知道。"布尔斯特纳小姐特别失望，"所以，你就是拿我开玩笑的，大半夜地拿我开玩笑，真不应该。"本来，他们一同在照片处站了很久，现在，她离开那些照片了。K说："布尔斯特纳小姐，不是那样，我没拿你开玩笑，请你相信我！我知道的全都告诉你了，连我猜的都告诉你了，其实那都不算一个调查委员会，我说它是个调查委员会，是不知道该怎么叫它。没什么复杂的问题，就是我被抓起来了，不过，是被一个委员会抓起来了。"布尔斯特纳小姐坐在沙发上，又笑了起来："什么样的调查委员会？"K说："太可怕了。"K的注意力完全不在话题上了，因为他已经完全被布尔斯特纳小姐的凝视吸引了。她一只手撑着下巴，胳膊肘放在沙发布上，另一只手慢慢敲打着臀部。布尔斯特纳小姐说："太模糊了。"

"什么太模糊了？"K问道，随即想起了话题，"你想让我形容下那个委员会吗？"他想换个位置，又没有动。布尔斯特纳小姐说："我真的累了。"K说："你回来得太晚了。"

"你倒教训起我来了。好吧，我活该，谁让我一开始让你进来的，连个重点都没有。"K说："有重点，很重要的，你会知道的，我能把你床边的桌子挪一下，放这里吗？"布尔斯特纳小姐说："你干吗？当然不能了！"

"不能的话，我就无法展示了。"K很失望，因为布尔斯特纳小姐对他表现出了不可思议的敌意。"好吧，如果你需要展示的话，等下把它搬回去就行了。"布尔斯特纳小姐停了一下，用虚弱的声音加了句，"我太累了，不该让你做的事都让你做了。"K把小桌子搬到屋中间，坐在桌子后面。"你得了解一下，那些人当时的位置，非常有意思。我是督察，那边箱子上坐着两个警察，照片旁边站着三个年轻人。窗户把手上，挂着一件白衬衫

——我只是顺便一提。现在开始了，啊，我忘了最重要的人，就是我。我站在桌子前面，督察坐得很舒服，腿交叉着，胳膊搭在椅子背上，像个游手好闲的人一样。现在真的开始了，督察冲我大吼大叫，像要把我叫醒一般。他真的吼我了，为了让你更清楚，我得吼给你看，不过他就吼了我的名字。"布尔斯特纳小姐边听边笑，把食指放在嘴边，让 K 不要吼，但是太迟了，K 入戏太深，慢慢喊道："约瑟夫·K！"其实，他的声音没有自己说的那么大，尽管如此，他一喊，声音似乎在整个房间都传开了。

隔壁房间传来一阵敲门声，响亮、短促而有规律。布尔斯特纳小姐面色发白，用手捂着胸口。K 特别震惊，他一度无法思考，只能想起早上的事情，还有面前的这个女孩。他几乎无法自控，跳到布尔斯特纳小姐面前，抓住她的手。他低声说："别害怕，我会让一切恢复正常的，但敲门的会是谁呢？隔壁是起居室，没人住啊。"布尔斯特纳小姐在 K 耳边小声说："有人，昨天格鲁巴赫夫人的侄子来了，他是部队里的一个上尉，没有别的空房间了，我也忘了。为什么要那样大吼大叫？你挺让我失望的。"

"没有理由。"她躺回垫子上，K 吻了吻她的额头。"走开，走开。"她迅速往后坐了坐，"从这儿出去，走，你想干什么？他在门口听着呢，他什么都能听到。你给我惹的麻烦太多了！"K 说："我不走，除非你冷静一点儿。到房间的那个角落去，那边他听不到。"她由着 K 把自己带过去。K 说："别忘了，虽然这对你来说不舒服，但你也真没遇到什么危险。你知道格鲁巴赫夫人多尊敬我，她是唯一能做决定的人，虽然上尉是她侄子，但我说的话她全都信。而且，她从我这儿借了一大笔钱，还得靠我呢。今天的事情，你怎么解释，我就怎么解释，多不恰当都无所谓。我保证，格鲁巴赫夫人不但会在人前认可我的解释，她也会真的相信，你完全不用考虑我。如果你想让别人知道我侵犯你，我就这么告诉格鲁巴赫夫人，她会信的，她绝对信任我，她就是这么尊敬我。"布尔斯特纳小姐看着面前的地板，安静地沉思了一会儿。K看着面前布尔斯特纳小姐绑好的红色头发，他以为布尔斯特纳小姐会抬头看他，但她没有动："原谅我，那个上尉还没那么可怕，只是突然有人敲门，吓到我了。你喊完以后，周围这么安静，忽然有人敲门，我吓到了。当时我坐在门边，就在我旁边敲的。谢谢你的建议，不过我拒绝，我房间里发生什么事，我可以自己承担。刚才的事，我想跟谁做都可以。你的建议多侮辱人，会让人产生什么样的联想，你竟然没意识到。不过我也承认，你是好意。现在，你走吧，让我自己待着，我真的比刚才还想让你离开。你说就聊几分钟，这都半小时了，都超过半小时了现在。"K抓起她的手，又抓住她的手腕："那你没生我的气？"她把手拿开："不，没有，我从不跟任何人生气。"K又抓住她的手腕，这次她没反抗，由着他带到门口。他真打算离开了，但他走到门口时就停下了，就像这扇门是突然出现的一般。布尔斯特纳小姐趁机摆脱了他，打开门，溜进门廊，温柔地对 K 说："请吧，你看。"她指着上尉的门，门下透出一道微光，"他开着灯，笑话我们呢。"K 说："好，我来了。"K 走向前，抓住她，吻着她的嘴，又移到她整张脸，就像一个饥渴的动物伸出舌头取水一般。他的吻滑过她的颈子、喉咙，最后又停在嘴唇上，停了很长时间。他一直没抬头，直到上尉房间传来响声。"我走了。"他想叫布尔斯特纳小姐的教名，但不知道。她疲惫地冲 K 点点头，把手伸给他，他吻了一下。然后她就转身离开了，自己也不知道自己在做什么，低头回了房间。过了不久，K 就躺在床上了，他很快就睡着了，都没来得及想自己的行为。他挺满意的，但也有点儿惊讶，自己竟然不是十分满意，他非常担心布尔斯特纳小姐，因为那个上尉。

第二章

初　审

K接到电话，下周日会初步审一下他的案子。他意识到，审判会接二连三地到来，不一定每周都有，但会很频繁。一方面，每个人都想加快进程，快点儿结案；另一方面，审判的每一个环节都得走，每个环节又不能持续太久，因为压力太大。由于这些原因，就出现了接二连三的小审判。选星期日审判，K就不用为工作烦恼了。估计他对审判时间没有异议，如果他希望改时间，也会尽量得到满足的。比如说，可以深夜审判，但那时候K肯定精神状态不好。不管怎么说，既然K没反对，审判就定在星期日了。这件事不容有失，似乎也没必要再提醒他了。审判地点的楼牌号会告诉他，那是远离市中心的郊区，那条街K从来没去过。

　　收到通知以后，K一言不发地挂掉了电话。他立刻决定，周日要去，肯定得去，审判工作已经开始了，他必须得面对。这次审判是第一次，也可能是最后一次。他还站在电话旁边思考，忽然听到身后副主任的声音。副主任想用电话，K挡路了。"坏消息吗？"副主任随意问道，他倒不是想问出什么，只是想让K挪开位置。"不，不是。"K挪到一边，也没离开。副主任拿起电话，等待接通时，转过身来问："K先生，我想问问你。周日早上，有兴趣跟我一起坐船出去玩吗？还有一些人，有几个你肯定认识。一个是黑斯特罗，州检察官。你愿意来吗？一定要来啊！"K试着集中注意力，好弄清楚副主任在说什么。对他来说，这次邀约非常重要。因为这个副主任，向来跟他关系不太好，这次主动邀请他，说明对方想改善关系。这说明，K在银行的地位多么重要，二把手似乎都要珍视他们的友谊，至少希望他保持中立。副主任是等电话的时候顺便发出邀约，但这已经是很好了。但是K还得扫他的面子："非常感谢，但恐怕我周日没有时间，之前跟人约好了。"

"真遗憾。"电话接通了，副主任转身接电话去了。副主任这个电话时间不短，但K仍然站在那里，为自己接到的电话困惑。副主任挂断电话的时候，他才从震惊中清醒过来，为了解释自己无缘无故在那站了半天，K说："我刚接了个电话，要去个地方，但他们没告诉我时间。"副主任说："那就问问。"K说："也没那么重要。"话一出口，刚才本就苍白的借口就更加无力了。他走着，副主任继续说着别的事。K强迫自己回答，但他脑海里全是那个星期天：是不是最好早上九点就到呢？一般都是这个时间开庭吗？

　　周日，天气沉闷。K很累，昨晚跟几个酒吧常客喝酒到深夜，差点儿睡过头了。他赶紧穿上衣服，也没时间整理思考这周他做的种种计划了。早饭都没吃，他就冲到了那个郊区。诡异的是，他几乎没时间关注周遭，却碰巧看到了那三个银行职员：拉本斯坦纳、库里奇，还有卡米纳。前两位坐着电车，也走这条路线，而卡米纳坐在咖啡馆平台上，K经过的时候，他好奇地将身体探出墙外。这些人仿佛都在看他，看到自己的上级用跑的，他们觉得吃惊。K打算步行去，是出于一种骄傲，这是他自己的事，不管多大多小，他都反感麻烦外人。而且，若他找人帮忙，别人就会或多或少地知道这件事。毕竟，他可不想太准时，显得自己在委员会面前低微。反正他在跑了，尽可能在九点前赶到，能到就到，晚点儿也没关系。

　　他觉得，从远处的标志就能找到那幢建筑，根本不用仔细看标志是什么样子。而且，法院门口和别的地方总是不一样的。据说那幢建筑在朱里斯塔西大街上。但是，他站在大街入口处，发现所有的楼都几乎长得一个样：灰色的建筑，高层的房间里住的都是穷人。星期天早上，窗口处大都有人，男人穿着衬衫，探出窗户来抽烟，或是温柔小心地扶着窗口的小孩子。其余的窗口则挂满了被褥，有时被褥上方会露出某个女人的脑袋，头发乱蓬蓬。人们隔街大声交谈，有段是关于K的，还引起一阵大笑。街道很长，隔一段就有一家小店铺卖各种各样的食物。不过，这些小店铺在街面以下，得走下去几层台阶。女人们出入这些店铺，或站在台阶上聊天。一个卖水果的，推着水果在窗口叫卖，跟K一样心不在焉，差点儿撞倒了他。就在那时，一个旧唱机开始播放刺耳的音乐。这唱机原本是镇上较好的东西，现在也坏了。

K继续慢慢往前走，现在他有的是时间。仿佛预审法官会从哪个窗户里探出头来，知道K已经到了一样。时间刚过九点，那幢建筑离大街入口很远，占地面广，显得特别突出，尤其是大门，又高又宽，显然是供货车出入的。院子里是各种商铺，现在都锁着门，货车是给它们运货的，有些名字K在银行工作的时候看到过。K很反常地在院门口站了一会儿，看着门口这些细节。附近有个人，赤脚坐在板条箱上看报；有两个小孩用手推车玩跷跷板；一个虚弱的年轻姑娘穿着睡衣在泵前打水，水流进桶里，她看着K。院子的一角，两扇窗户间扯了一根绳子，上面晾着衣服。一个男人站在绳子下面，发号施令指挥工作。

K走上楼梯，去审判室。但他又停住了，除了这道楼梯，还有三道楼梯。此外，院子尽头还有一条通道，通往第二处院落。没人给他明确的指示，究竟该去哪个房间，这让他恼火。这说明，他们完全忽略他，甚至无视他。这一点，等下他要大声地跟他们说清楚。最后K决定爬楼梯，他想起那个叫威廉的警察跟他说：法庭会被犯人吸引的。所以，他选的这条路，肯定就通往审判室。

上楼的时候，一大群孩子正在楼梯上玩耍，K打扰了他们，他们看着他从他们中间穿过，他对自己说："下次我来的时候，要么带点儿糖来，让他们喜欢我，要么带根棍子来打他们。"快到二楼的时候，他甚至停了一小会儿，等球停下。两个小孩子扮着鬼脸，像两个恶棍一样拉着他的裤脚，如果他甩开他们，怕是会伤到他们。他也担心，他们要是喊叫起来，声音会很吵。

到了二楼，他开始寻找了。他还是觉得，没脸开口问调查委员会在哪儿，就编了一个名字，叫兰斯。忽然想到这个名字，是因为格鲁巴赫夫人的那个侄子叫兰斯。这样，他就能挨家挨户地敲门，问一个叫兰斯的工匠是不是住这儿，好看看屋里是什么情况。其实，用不着这么麻烦：所有的门都开着，孩子们跑进跑出，大多数房间都是只有一个窗户的小房间，大多数人都在做饭。许多女人一手抱着孩子，一手在炉子上忙活。大一点儿的女孩，似乎都只穿了一条围裙，干起活儿来尤其卖力。每个房间里，床上都躺着生病的人、睡觉的人，或者穿好衣服躺着的人。K敲了敲那些关着的门，问工匠兰斯是否住在这里，总是有个女人开门，听到问话，转向屋里的男人，男人就会从床上坐起。"这位先生问，有没有个叫兰斯的工匠住在这儿。"男人会问："一个工匠，叫兰斯？"显然调查委员会不在这儿，但K还是会回答："对的。"这样，他的任务就完成了。许多人认为，K这样找一个叫兰斯的工匠，那肯定有很重要的事，他们都会想很久，告诉 K 一个不叫兰斯的工匠名字，或者跟兰斯类似的名字，要么，他们会去问邻居，或者带 K 走很长一段路去找人。他们觉得，那样的人可能住在大楼后面。或者他们带 K 去找别人，他们认为能给 K 更好建议的人。K 最后放弃这样问，他不想一层层地被人带着这样走。他后悔最初这个计划了，刚开始还觉得挺实用的。到了五楼，他决定放弃寻找，跟着一个好心要给他领路的年轻工人下楼。但接着他又想，这么做已经浪费了很多时间。他又走回去，敲开了五楼第一户的门。这是个小房间，首先映入他眼帘的，是墙上的大表，显示已经十点了。他问："有个叫兰斯的工匠住在这儿吗？"

"什么？"一个年轻女人，眼睛乌黑发亮，在洗桶里孩子们的衣服，她用湿漉漉的手，指了指隔壁房间开着的门。

K 觉得自己进了会议室，房间中等大小，有两扇窗户，房间里塞满了不同的人，没有一个人对刚进来的 K 感兴趣。天花板下是另一条走道，也挤满了人。那些人只能低头弯腰站着，背都碰到了天花板。K 觉得这里的空气太沉闷了，又走了出来，对那个年轻女人说（或许之前她没听清自己的话）："我想找一个叫兰斯的工匠。"那个女人说："对啊，请进吧。"女人朝他走来，拉上门把手，"我得关上门，不能再让人进了。"若非如此，K 是不会跟她走的。K 说："有道理，不过里面太挤了。"但他还是又进去了。

两个人正在门口聊天，一个在他面前摆出两手数钱的姿势，另一个紧紧盯着他。K 从他们之间穿过，忽然有人抓住他的手，是个小个子红脸年轻人："进来吧。"K 由他带着自己。令人吃惊的是，这么挤的人群，中间竟然有条狭窄的过道，把人群分成两边。两边的人都互不搭理，这就证实了 K 的猜测。K 只能看到他们的背面，因为他们只跟自己这边的人交流。大多数人都穿着黑色的衣服，外面罩着宽大正式的外袍，这些衣服是唯一让 K 觉得困惑的地方，如果换个地方，K 可能会以为，这是一次地方的政治集会。

K 被带到大厅的另一边，那儿有张小桌子放在一个很矮的墩座上。跟别处一样，这里也很挤。桌子后面，墩座边上，坐着一个气喘吁吁的胖子，他在跟身后的人聊着什么。胖子身后的人站着，双腿交叉，胳膊肘撑在椅背上，很能逗乐，他不时地在空中挥舞着胳膊，像在模仿某人的滑稽相。带 K 过去的那个年轻人找不到机会跟上司汇报，他两次踮起脚，想跟那个胖子汇报，都失败了。胖子坐的地方太高了，没注意到他。后来，有个人注意到了他，那个胖子才转过身来，俯身听他的汇报。然后，胖子拿出手表，快速扫了 K 一眼，"你迟到了一小时五分钟。"K 想回他的话，但没时间了，胖子还没说完，大厅右边就出现一片不满的喧嚷。"你迟到了一小时五分钟。"胖子又抬高音量，重复了一遍，快速扫视了一遍房间，不满的声音越发大起来。胖子没再说什么，喧嚷也逐渐消失了。现在，大厅比 K 刚进来的时候安静

41

多了，只有站在廊上的人还在交谈。尽管廊上昏暗不清，但还是依稀辨认得出，上面的人不如下面的人衣着体面。许多人带了枕头，垫在头和天花板之间，免得自己受伤。

K决定少说多看，所以他没为自己迟到辩解，只是说："可能我来晚了，不过现在，我来了。"随后，大厅右边响起了掌声。K想，这些人很好相处，很容易就站在自己这边了。麻烦的是，他身后的左半边只有几个人鼓掌。他在想，该说些什么才能让大家都支持他，就算不可能，至少也让大家暂时支持一下他。

胖子说："嗯，但是，我现在没有义务再听你说下去。"又是一阵喧嚷。但这次，人们误解了。胖子摆了摆手，不顾人们的反对继续说："但今天，我破个例，继续审理这个案子，但你以后不能再来这么晚了。现在，到前面来！"有人从墩台上跳下来，给K腾了个位置，K站了上去。他被挤在桌子前面，后面挤得太厉害，他得用力挤回去，不然就会把法官的桌子从墩台上推下去，可能法官也会被一起推下去。然而，法官并没注意到这一点，只是舒服地坐在椅子上，跟后面那个人说了几句话。讨论结束之后，他拿起一个小笔记本，桌上唯一放着的东西像是旧时的学校练习簿，翻得太多都变形了。"那么，"法官翻着那个笔记本说，转向K，用一种不容置疑的语气对K说，"你是房屋粉刷匠？"K说："不，我是一家大银行的主管。"右边爆发出笑声，K也忍不住笑了起来。那些支持他的人双手放在膝盖上，很剧烈咳嗽似的，笑得前仰后合，廊上也有些人在笑。法官很生气，但似乎没办法控制下面的人，为了控制廊上的局面，他跳起来，威胁着瞪着他们，平常没人注意的眉毛，此时也显得又黑又粗。

左边依旧很安静，他们面朝墩台排队站好，静静地听着看着，甚至允许自己这边的人不时地跑到对方阵营去。左边的人数量少，可能地位也不如右边的人高，但他们的行为更冷静，看上去显得更有地位。K开始说话了，他相信，自己跟左边的人一样冷静：

"大人，关于您的问题，我是不是一个房屋粉刷匠，其实都不是在问我，而是直接把帽子扣在我头上了。这些针对我的审判，其实都有类似的程序问题，或许您会否认，会说没有什么针对我的审判。您说的对，除非我承认，不然这些就不算审判，但现在我承认，因为我真的很同情你们，这件事，谁看了都会同情你们。我不是说你们做事不够认真，我只是想说，是我认可了你们的审判。"

K停下，看看下面的大厅。这话说得很尖锐，比他预想的要尖锐，但他说的也对，此处应该有鼓励的掌声，但是并没有。房间很安静，大家都在等他说下去。沉默中，或许酝酿着爆发，将这一切都结束掉。讨厌的是，大厅的门忽然开了，那个年轻女人好像洗完衣服了，她小心地推门进来，但还是引起了一些人的关注。只有法官直接让K感到满足，因为他似乎立刻就被K的话打击到了。之前，他站起来维持大厅秩序的时候，K 说的话让他大吃一惊。现在，他还是呆呆地站在那儿，他趁着间隙，慢慢地坐下，仿佛生怕别人注意到他，他又拿出笔记本，可能这样做会显得比较冷静。

K 接着说："没用的，先生。你的小本本，也只会证明我说的是真的。"在这个充满陌生人的房间里，除了他镇定的声音，听不到别人的声音，K 对此感到很满意。他甚至大着胆子，嫌恶地用指尖捏起预审法官的笔记本举到空中。他只捏着中间几页，所以两边的书页都翻下来，笔记写得密密麻麻的，页面泛黄，还有污渍。"这就是预审法官的官方笔记。"K 松手，把笔记本丢在桌上，"先生，你想看就看看吧。我不想手里拿着这本书，只能用两根手指捏着。虽然我没看，但这本书上的罪行，我都没犯过。"法官拿起那本被 K 丢下的书，这个举动显示出了他深深的自卑。或者，至少看起来是这样。他擦擦笔记本，整理好纸张，又摆在自己面前翻阅。

前排的人紧张地抬起头看着 K，K 也回看着他们。每个人都上了年纪，有些人胡子都白了。他们会是决定风向的关键人物吗？K 陈述的时候，他们一动不动，什么都不能让他们改变，连法官被侮辱了都不能。"发生在我身上的事情。"K 已经没有了刚才的热情，他扫视着第一排的面孔，给人一种又紧张又精神不集中的感觉，"发生在我身上的事情，并不是个案，如果只是个案，那就没什么重要的。因为对我来说,这个案子一点儿也不重要。但许多人都遇到过这样的事情,我是为了他们才站在这里,不只是为了我自己。"

不知不觉中,他抬高了音量。大厅里有人举起双手给他鼓掌,喊着说:"好样的!就该这样!好样的!"第一排有几个人用手捋着胡子,但没有人回过头去看谁在喊叫,连 K 自己都不觉得这个人有多重要,但他的确鼓舞了自己的士气。K 不再认为大厅里的所有人都该为自己鼓掌。只要大多数人开始思考这个问题,哪怕偶尔有个人能认同他,也就足够了。

这么想着,K 说:"我不是个多成功的演说家,我也没那个能力。我敢肯定,预审法官的口才比我好多了,毕竟这是他工作的一部分。这场错误的指控,我想让大家讨论一下。听我说:十天以前,我被抓捕了。对于被抓这件事本身,我觉得很好笑,但那不是重点。早晨,我还在床上,他们就来抓我了。按照法官刚才的说法,可能原本的命令,是去抓哪个房屋粉刷匠。可能他也跟我一样无辜,但被抓的是我。两个警察粗暴地强占了隔壁的房间。他们连预警措施都没做,如果我是个危险的抢劫犯怎么办?这两个警察是道德败坏的流氓,他们一直拉着我聊,我都听烦了。他们想要贿赂,想我的衣服,想要钱,还说,要是我能给他们钱,他们就带我去吃早餐。其实我的早餐,他们早就当着我的面吃掉了。这还不够,又把我领到隔壁督察面前。那是位女士的房间，我很尊敬她。虽然我没做错什么，但就因为我，督察和警察把房间搞得一团糟。在那种情况下，保持冷静不容易，但我做到了。我问督察为什么抓我，如果督察在，他就能证明我说的话。我现在都能想起当时他坐在人家女士的椅子上愚蠢傲慢的样子。你们知道他怎么回答的吗？在座的诸位绅士，他说的东西基本等于没说，可能他确实什么也不知道，把我抓起来他就完成任务了。其实还不止，他还从我工作的银行里带来三位初级职员，让他们待在那位女士的屋子里。他们三个忙于摆弄那位女士的照片，把人家的照片搞得乱七八糟。当然，把他们带来还有别的原因。他们想我的女房东，还有她的女佣，还有我这三位同事，散播我被捕的消息，毁掉我的名声，把我从银行现在的职位上拉下马，但他们完全失败了，连我的女房东那么单纯的人都明白，这样的抓捕，就跟街上几个没人管的年轻人当街抢劫一样没有意义。我再重复一遍，整件事我都没觉得有丝毫不愉快，也没觉得烦扰，但是，这件事，会不会造成什么特别严重的后果呢？"

K停了一下，看着法官，法官什么都没说，但K似乎看见他的眼睛动了一下，像是在给人群中的某个人发讯号。K笑道："我旁边的法官，正在给你们中间的某个人传递秘密信号。这个人好像在接受上头的指令，我不知道这个信号，是让他发出嘘声还是掌声，也不想过早地猜测它的用意。对我来说真的无所谓，我给法官大人全权许可，不用再发出什么秘密信号了，你付了钱给谁，直接用言语告诉他：'现在嘘他！'下次也直接出声告诉他：'现在鼓掌！'"

　　不知道是出于尴尬还是不耐烦，法官从椅子背上弹坐起来。法官后面那个人，之前跟他聊天的那个，身体前倾，跟他说了几句话，不知道是鼓励还是具体的建议。大厅里的人，已经开始踊跃地讨论了。此前，左右两派显然持对立观点，不过现在，他们开始交流了，一些人指着 K，一些人指着法官。房间里的空气太闷了，特别压抑，那些站着间隔很远的人，几乎都看不到对方。对廊道上的人来说尤其不容易，他们一边害怕地看着法官，一边还得默默地询问廊下的人到底发生了什么。他们得到的回复也是悄悄的，因为告诉他们消息的人都用一只手挡着嘴说话。

　　"我快说完了。"房间里没有钟也没有铃，K 用拳头捶了桌子一下，吓到了法官和给他出主意的人，他们停止了交谈，抬起头来。"我倒没什么好担心的，我能冷静地处理，假如这个所谓的审判有什么意义的话，听了我刚才的陈述，应该对你们很有帮助，如果你想讨论我说的这些，请把它写下来，以后我没时间浪费在这上面，很快我就要走了。"

　　现场立刻沉默了，这也表明，K 的控场能力有多么强大。不像起初那样，还有人喊叫，现在连掌声都没有。即使他们还没有完全被说服，似乎也差不多了。

　　所有人都在听他讲，这种紧张的气氛令 K 很满意。寂静中，微弱的呼吸声都能被听见，这比最热烈的掌声更激动人心。他慢慢地说："毫无疑问，有个巨大的组织在操纵这个法庭，在这个案子里，有我的被捕，有我今天的审判，这个组织雇用了可以被贿赂的警察，傻乎乎的督察，还有法官。法官倒不像其他人那么傲慢，但除此之外也没什么优点。这个组织，还有一些高级法官，他们还有数不清的训练有素的下属、主管员、警察及其他助手，甚至可能还有刽子手和执行官——我不忌讳用这些词。在座的诸位绅士，这个巨大的组织有什么目的呢？它的目的就是，逮捕无辜的人，浪费时间、金钱对他们提起无意义的诉讼，我这个案子就是这样。当一切变得毫无意义，我们怎么能阻止那些办公室里的腐败呢？那是不可能的，最高法官也免不了腐败。所以，警察都能从他们抓捕的人那儿偷衣服，督察都能闯进自己不认识的人家里，无辜的人都能被当众羞辱，连个像样的审判都没有。警察只会谈论，被抓的人财产放在哪个仓库里。我想亲眼看看这些仓库，那些被抓起来很难赢得审判的人，他们的财产是不是烂在那里了？如果烂在那里，那说明没被仓库的工人偷走。"

大厅那头发出一声尖叫，打断了 K 的话。光线昏暗，灰尘飞扬，看不清东西。他用手遮住眼睛，是那个洗衣服的女人，她一进来，K 就觉得她会给自己带来麻烦。很难说，究竟是不是她的问题。K 看到一个男人把她拉到门口的角落里，用自己的身体压着她。但尖叫的不是她，而是那个男人。他大大地张着嘴，看着天花板。他们周围，人们围成一个小圈。K附近的人似乎都很高兴，K严肃的语调造成的严肃气氛因此被打破了。K首先想到的就是冲到那边去，他在想，每个人都希望能恢复秩序，至少让这两个人离场。但是，站在他前面第一排的人动也不动，没人给K让路，相反，他们挡住了他的路。老人们朝他前面伸出胳膊。不知道从哪里来的一只手，抓住了他的衣领，K也没转头看。这时，K已经忘了那两个捣乱的人。他的自由被限制了，逮捕成了一件严重的事。他想都没想，就从墩台上跳下来了。现在，他面对着人群。他对人群的判断正确吗？他把自己的讲话效果看得是不是过于乐观了？难道他们一直都在装？现在他讲完了，马上要得出结论了。他们不愿意再装下去了？看看他周围的面孔！深色的小眼睛四处闪烁；两颊下垂，如醉酒的人一般；长长的胡子又稀又硬，他们要是用手摸摸的话，好像摸的是蟹钳，而不是自己的胡子。但这些胡子下面的衣领上，戴着各式各样闪闪发光的徽章，这才是K真正的发现。他发现，每个人身上都戴着一枚这样的徽章。虽然他们表面上分为左右阵营，但其实所有人都是一伙儿的。他突然转身，看到预审法官的领子上也有一枚这样的徽章，预审法官手放在膝盖上，冷静地从上面看着他。

"所以，"K喊着，在空中挥了挥胳膊，似乎他这突然的发现，需要更多的空间，"你们所有人都是为这个组织工作的。我现在明白了，你们所有人，都是我刚才说的骗子。你们到这儿来，就是为了听我说话捉弄我。你们显得好像分成两派似的，其中一派还为我鼓掌，考验我。其实你们是想学学，怎么陷害一个无辜的人！那么，我希望你们没有白来。我希望，从这个希望你们维护他清白的人身上，你们能寻到一点儿乐子。放开我，不然我揍你！"K对着一个颤巍巍的老人吼道，那个老人压着他，离他特别近，"要么，你们就真的学到了什么东西。祝你们好运。"K轻快地拿起桌边的帽子，推开人群，走向大门口。周围一片死寂，人们可能是过于惊讶。但是，预审法官似乎动作比K更快，已经在门口等着K了："等一下。"K站在原地没动，但眼睛没看法官，而是看着门，手已经放在门把手上了。法官说："有些事情，你似乎还没意识到，但我想提醒你一下：对于被抓的人来说，这种听证会，肯定是有好处的。你这么做，等于自动放弃了自己的权益。"K冲着门笑了："你们这群傻子，留着你们的听讯吧，我不要，都送给你们。"然后K打开门，匆匆走下楼梯。身后的人群又热闹起来了，可能开始讨论这些事情了，像是在做科学研究一样。

第三章

周日的见闻

接下来的一周，K 每天都等着传唤。他相信，他说不需要任何听审了，那些人不会当真的，而直到周六晚上，也没人通知他。K 觉得，这意味着，还是老时间、老地点，所以就不用特意告诉他了。因此到了星期天，他又去那个地方了。K 毫不犹豫地爬上楼梯，穿过走廊。有些人还记得他，从屋里向他打招呼。不过这次，他再也不需要问路，很快就找到门了。他一敲门，门就开了。上次那个女人站在门边，但 K 没注意。他正要直接走进隔壁的房间，那个女人告诉他："今天不开庭。"他不敢相信："什么叫不开庭？"但是，那个女人打开隔壁房间的门，证实了这一点。房间里空荡荡的，比上个星期天更让人觉得不舒服。墩台上还放着那张桌子，桌子上放着几本书。K 问："我能看看这些书吗？"不是因为他好奇，而是因为这样他就不是一无所获。"不行。"那个女人一边关门一边说，"这是不允许的，这些书是预审法官的。"K 点头："我明白了，肯定是法律书籍，这个法庭就是这样做事的，不仅审判那些无辜的人，还不让他们知道发生了什么。"

"我想你说得对。"那个女人还没有完全理解他的意思。K 说："我最好还是走吧。"

那个女人问："需要我给预审法官传个话吗？"K 说："那你认识他吗？"女人说："当然了，我丈夫是法庭接待员。"此时，K 才开始注意这个房间。之前什么都没有，只有一个浴盆，现在布置得像个起居室了。女人见他惊讶，就说："对，我们可以住这儿，就是法院开庭的时候，得把房间打扫出来。我丈夫的工作有很多不便之处。"K 生气地说："我惊讶的不是房间，而是你竟然结婚了。"

"你是不是在想，上次开庭的时候，我打断了你的话，后来发生的事情？"K 说："当然了。现在都过去了，我都快忘了，不过当时我真的很愤怒。现在，你又跟我说，你结婚了。"

"打断你的话，对你一点儿坏处都没有。你走了以后，他们说的话，对你都是非常不利的。"

"那很有可能。"K 转过头，"但这不能成为你的借口。"女人说："认识我的人，都不会拿这件事攻击我。那个用臂膀搂着我的男人，追了我很长时间了，可能对大多数人来说，我不是很有魅力，但对他来说，我还是很有魅力的。在他面前，我没有任何安全可言。我丈夫都习惯了，如果他想保住工作，就得接受。因为那人是个学生，几乎可以说，他将来肯定大有权势。他一直在追求我，你来之前，他才刚走。"K说："这说得通，我不奇怪。"

"你想让这儿的境况变得好一点儿吗？"女人慢慢地问道，凝视着K，仿佛她要说的话对双方都很危险似的。她停了一会儿，又说："我真的很喜欢你说的话，先声明，我只听到一部分，开头我没听到。最后，我跟那个学生一起躺在地板上了——这真可怕。"她抓住K的手，"你真觉得，你能让这里的情况变得好一点儿吗？"K笑着，在女人柔软的手心挠了挠："既然你提到了，我想说，让这里的情况变好一点儿，还真不是我的活儿，如果你跟预审法官这样说的话，他会笑话或惩罚你的。假使我真有这个能力，我也是绝不会蹚这个浑水的，我才不会不眠不休地思考，怎么让这个法庭变得好一点儿呢。但我得知自己被捕了，我是个被捕的人，为了自己着想，我就不得不采取行动了。但是，如果我能为你做点儿什么的话，那当然，我是很乐意的。不只是为了我的清白，还因为你能帮助我。"女人说："那，我怎样才能帮助你呢？"

"比如，你可以让我看看那边桌上的书。"

"当然可以。"女人拉起K就朝那些书冲去。那些书又旧又破，有本书的封面都快从中间裂开了，用线缝在一起。"这儿什么都是脏兮兮的。"K摇摇头，要拿起那些书之前，那个女人用围裙擦了擦书上的灰。K 拿起最上面的那本，在桌上打开，出现一张下流的图画。一男一女赤裸地坐在沙发上，画家的原始意图很明显，但他显然缺乏绘画技巧：谁都看得出来，这两个主要人物是一男一女，从身体上就看得出来。但他们直挺挺地坐着，角度不对，很难接近对方。K 没再碰那本书，而是打开了第二本的封面，标题是一本小说名：汉斯对妻子格雷特的虐待。K 说："原来，他们研究的法律书籍就是这种的啊。原来坐在这里审判我的，就是这种人。"女人说："我可以帮助你啊，让我来帮你好吗？"

"你这样，真的不会让自己陷入危险吗？你不是说过，你丈夫得仰赖他的上级吗？"

"我还是想帮你，过来，我们聊聊。这些担心我的话，你不要再说了，我愿意害怕的时候才会害怕。来。"她指了指墩台，邀请他坐到自己旁边来。他们坐下以后，她指着 K 的脸说："你有一双好看的黑眼睛，别人都说我的眼睛漂亮，但你的眼睛更漂亮。你第一次来的时候我就注意到了，所以我后来也跟着进来了。里面人那么多，我很少进来的，他们也不让我进来。"K 想：原来是这么回事，她是要勾引我，她跟这里的一切一样堕落。和那些法官已经睡够了，也能理解，所以，只要有陌生人来，她就扑上去，夸对方的眼睛好看。K 默默地站起来，用行动表达了自己的想法："我觉得，你可能帮不了我，要真的想帮我，你得和那些高层官员接触，但我敢肯定，你只认识一些低级职员。低级职员太多了，你肯定跟他们很熟，从他们那儿能得到很多东西，这一点我毫不怀疑。但在他们身上下再多功夫也没用，他们不能影响案子的终审结果。而且，你会因此损失一些朋友，我不希望这样。别管我了，你们该怎么着还是怎么着吧。我觉得，你是离不开他们的。我这么说一点儿都不后悔，既然你都夸我了，我也夸夸你：我觉得你也很动人，尤其像现在这样，忧伤地看着我的时候，其实你真没必要这样做的。他们是我的对手，你是他们那个阵营的，而且，你跟他们在一起时很舒服，甚至爱上了那个学生。就算你不爱他，跟你丈夫比起来，你也更喜欢他。从你说的话里，很容易就能看出来。"

"不！"她喊着，仍坐在原处，去抓K的手。K速度不够快，被她抓住了。"你现在不能走，你不能在误解我的情况下走掉！现在，你真的要走吗？我就这么没有价值？你都不愿意跟我在一起多待一会儿吗？"

"你误会了。"K又坐回去，"如果我待在这儿对你这么重要的话，我也愿意这么做，反正我有的是时间。本来我以为今天有审讯才过来的，我说那些话的意思，就是让你不要插手我的案子，什么都不要做。虽然案子目前对我不利，你也完全不用担心，这个案子审不出什么结果来，不管最后怎么判，我都会嘲笑它。前提是，如果真能审出什么来的话，我非常怀疑这一点，很有可能的结果是，法官特别懒，特别健忘，特别害怕，审都审不下去，早晚这些案子就不了了之了。还有一种可能，他们假装继续审案子，希望拿到一笔巨额贿赂，那我现在就可以告诉你，没用的，我不会贿赂任何人。或许你能帮我一个忙，告诉预审法官或者那些喜欢传播消息的人：我知道他们设计了很多阴谋，不管是什么阴谋，我一分钱都不会给他们的，这么做没用的，你可以公开地告诉他们。而且，估计他们自己也意识到了，也有可能没意识到。这件事对我来说，真的没有他们想象的那么重要。这些先生只是在给自己找点儿事做，或者是让我不自在。不过，要是因此就能打击到他们，那我也愿意承受。我敢肯定，他们会受打击的，你真的认识法官？"

"当然了，我说要帮你的时候，第一个想到的就是他。我不知道他只是个小官，但既然你这么说，那他肯定就是了。但我还是觉得，他提交给上级的报告可能有点儿影响力，毕竟他写过很多报告。你说这些当官的懒，其实他们也没那么懒，特别是这个预审法官，他写了那么多东西。比如说，上个星期天，他们忙到晚上。其他人都走了，但预审法官一直待在大厅里。天黑了，我不得不给他拿灯来。那就是个厨房的小灯，他却很满意，就着灯光就写起来了。那时，我丈夫回来了。他星期天都歇班，我们把家具搬回来，把房间打扫干净，就有几个邻居过来了。我们点了根蜡烛，坐着聊了一会儿。简单来说，就是我们把预审法官给忘了，都去睡觉了。到了深夜，很晚了，我醒来发现，预审法官用手遮住灯光，站在床边，怕灯光太亮我丈夫会醒。其实他不必这么小心，我丈夫睡觉那个样子，有灯光也不会醒的。我很震惊，差点儿大声叫出来。但法官人很好，让我小心一点儿。他低声对我说：他一直在写东西，现在把灯还给我。还有，我睡着的样子，他永远都不会忘记。我说这些的意思，是想告诉你，预审法官真的写了很多报告，尤其是你的。因为上个星期天，对你的审讯是一项主要日程。既然他写了，那就说明，这些报告还是比较重要的。而且，你也看出来了，那个预审法官在追求我。从他注意到我的那一刻开始，我对他的影响力就很大了。而且，我还有其他证据。昨天，他让那个学生来找我。法官很信任那个学生，他们一起工作。他让那个学生给我带了件礼物，丝袜。他说，是因为我打扫了法庭。但这只是个借口，那本来就是我该做的，我丈夫有报酬的。漂亮的丝袜，看看。"她伸出腿，把裙子拉到膝盖，自己看着丝袜，"真是很好的丝袜，但是我，真的有点儿配不上。"

她突然不说了，把手放在 K 的手上，似乎想让他冷静一些，她小声说："安静点儿，博斯奥德正在看我们。" K 慢慢抬起头，通往法庭的门廊处，站着一位矮个子年轻人，腿不太直，正不断地用食指摩挲着自己那又稀又短的红胡子。有了这胡子，他希望自己能看上去更尊贵一些。 K 有些好奇地看着这个学生， K 并不熟悉法律体系的原则，这是他第一次当面见到一个将来很有可能会爬上高位的法学生。相反，那个学生似乎一点儿也没注意到K。他只是把食指从胡子上拿开，冲女人打了个手势，然后朝窗边走去。女人靠近K，低声说："别生我的气，别气，也别觉得我恶心。我现在得到他那边去了，他是个可怕的人，看看他那罗圈腿就知道了。但我马上会回来的，等我回来，你要是愿意带我走，我就走。你想去哪儿我就去哪儿，你想对我怎样都随你。只要我能离开这儿，我就高兴，最好我能永远离开这儿。"她又拍了拍K的手，跳起来，跑到窗边。K下意识地想抓住她的手，但没抓住。他真被这个女人吸引了，费力想了好半天，也想不出自己为何要放弃这种诱惑。他曾闪过这样的念头：这女人是代表法庭来陷害他的，不过很快他就推翻了自己的看法。她能怎么陷害他？他不还是自由的吗？既然是自由的，就可以冲撞法庭，至少，跟自己有关的事就可以。这点儿自信都没有吗？她似乎是诚心帮忙的，可能也不是毫无价值。要报复那个预审法官和他那些好友，这可能是最好的办法：把这个女人从他身边带走，据为己有。到时候，那个法官再辛辛苦苦编造完一堆K的报告，大半夜去床边找那个女人的时候，就会发现，床已经空了。床空了，因为这个女人现在是K的了。床边的这个女人，粗糙、厚重、黯淡的衣物下，包裹着丰满、柔软、温暖的肉体。这身体是完全属于他的，只属于他一个人。打定主意之后，他开始觉得，窗边的对话时间

60

太长了。他用手指节敲打着墩台，敲着敲着，又换成了拳头。学生越过女人，快速地朝 K 看了一眼，但也没被他干扰。事实上，他甚至离女人更近了，用双臂搂住了她。她低下头，像在认真地听他说话。他边说，边亲着她右侧的脖子。看到学生对女人如此专制，K 想起女人跟他抱怨过的事，就站起来，在屋里踱步。他从侧面看着那个学生，心里盘算着，怎么才能尽快摆脱他。K 来来回回在他们身边走，学生终于觉得自己被打扰了。让 K 高兴的是，学生跟他说话了：

"要是你觉得不耐烦，你就不必待在这儿。你刚才就可以走了，没人会想你的。其实你早该走了，我刚才来的时候，你就该马上离开。"这话本可能挑起冲突，但 K 还记得，这是一个未来的法官在跟一个讨人厌的被告说话，他可能说话的时候都觉得骄傲。K 依然站得离他很近，笑着说："你说得对，我是不耐烦了。最好的办法就是，您离开我们。如果您是来学习的，听说您是个学生，那我很愿意把房间留给你，带着这位女士离开。在您成为法官之前，肯定还有很多要学的。我确实不太了解你们的法律体系，不过我想，它应该还包括很多其他的东西，而不只是说话粗鲁。看得出来，您在这方面的技能已经可以出师了，也不觉得丢人。"遭到 K 的羞辱，那个学生似乎很想对那个女人解释："就不该让他自由活动，这就是个错误。我早就跟预审法官说过了，起码不审讯的时候，该把他关在他房间里，有时候真是很难理解法官的做法。"

　　"你是白费口舌。"K朝女人伸出手，"跟我走。"学生说："原来如此。不行，你不能抢走她。"他温柔地看着女人，不知哪儿来的力气，单手就抱起女人跑向门口，背都压弯了。毫无疑问，他是有点儿怕K的。尽管如此，他还是用空着的那只手抓住女人的胳膊，继续惹K生气。K跑上前几步，到他身边，准备抓住他（如有必要掐住他）的时候，女人说话了："没用的，是预审法官让他来的，我不敢跟你走，这个小混蛋……"她用手盖住学生的脸，"这个小混蛋不会让我走的。"K吼道："你也不想要自由！"他把手放在学生肩膀上，学生用牙咬他。"不！"女人吼道，用两手把K推开，"不要，别这样，你知不知道自己在做什么？这样我就毁了。放开他，请你放开他。他只是在执行法官的命令，他是要带我去法官那里。"

　　"那就让他带你走吧，我再也不想见到你了。"带着失望，K愤怒地打了学生的后背一拳。学生跟跄了一下，所幸没有跌倒，他立刻跳起来，跳得更高了。K慢慢地跟着他们，他意识到，这是他第一次，在这群人这里遭遇挫折。当然也没什么好担心的，他受这些挫折，只是因为他想打架。如果他待在家里，正常过着自己的日子，会比这些人强一千倍，谁来打扰他，他都可以踢出去。比如，他想到一个最好笑的场景：这个卑鄙的学生，自大的毛头小子，这个罗圈腿的红胡子怪人，跪在艾尔莎床边，痛苦地扭着双手，请求她的原谅。K想着这幅画面，就觉得有趣。他决定，一有机会，就带这个学生去见见艾尔莎。

K很好奇这个女人会被带去哪里，他快速走到门口，那个学生不可能扛着她穿过街道的。其实距离挺近的，公寓对面是几层狭窄的木楼梯，可能通向阁楼。他们走着走着，就转弯不见了。学生费劲地带着女人爬上台阶，很快就开始气喘吁吁，行动缓慢。女人冲K挥挥手，肩膀不住地抖动。她想告诉K：她是无辜的，不该被指责。然而，这个动作看不出悔意。K面无表情地看着她，像在看一个陌生人，他不想让别人看出他失望。

那两个人消失了，K还站在门廊处。他必须得承认，这个女人不仅欺骗了自己，还撒谎说她要被带到预审法官那里去。预审法官怎么会坐在阁楼里等着？不管他盯着那些木楼梯看多久，也得不到任何解释。后来，K注意到楼梯旁边有一张小纸，就走过去看了看，上面的字稚嫩且不熟练："法院办公室入口"。所以，法院办公室在这里？在这样的小阁楼上？这样的话，这个法院真让人尊敬不起来。周围都是穷人，时不时地就会朝他们扔垃圾。这个法庭这么寒酸，把办公室设在这样的地方，被告看到了也会觉得欣慰吧。或者，法官们有的是钱，但只愿装进自己的腰包，而不愿花在法院的开销上。按照K的经验，这种事是有可能的。不然的话，要么法院是真穷，要么法院是真腐败，侮辱被告的同时还要给他一些安慰，而前者的可能性很小。K现在也明白了，法院觉得丢人，不想把头次审讯安排在这里的阁楼上，而宁愿安排在被告家里。跟坐在阁楼里的法官比起来，自己过的是什么日子啊！K在银行有一间大办公室，还有个接待室，有一扇大大的窗户，能看到下面广场的活动。确实，他没有什么贿赂欺诈来的收入，也没坐在办公室里，吩咐仆人送个女人到他怀里来。不过，K宁愿没有这些。在K看通知的时候，一个人上楼了，从开着的门往起居室看去，那里也能看到法庭的屋子。他问K，有没有在这儿见到一个女人，K问："你是门房，对吧？"

"对的。啊，对，你是被告人K，我想起你来了。很高兴在这儿见到你。"他朝K伸出手去，想跟K握手，他会这么做，K很意外。K什么都没说，他又说："不过，今天不开庭。"

"我知道。"K看着门房的便服，上面除了普通的扣子，还有两枚镀金的扣子，很像是从军官的旧衣服上拆下来的，这是唯一能表明他法院工作身份的东西。"刚才，我跟您的妻子聊了一会儿，之后她走了，那个学生把她带到预审法官那里去了。"门房说："听我说，他们总是从我这儿把她带走，今天是星期天，我本来不该工作的，但是他们却让我去送个完全没必要的口信，好把我支开。他们故意让我去一个不太远的地方，这样，我就还抱着希望，想尽快赶回来。所以，我尽可能地跑快一点儿，对着办公室的门缝吼出口信，接着就跑回来。我吼得上气不接下气，估计他们都很难听懂我在说什么。但那个学生比我还快，因为他不用跑那么远，下个楼梯就到了，要是我不用这么依赖他们，我早就把那个学生摁在墙上揍他了，就摁在那个标志旁边。我一直都幻想着能这么做。就在这儿，门上边，把他打倒在那儿，让他胳膊伸直，手指张开，罗圈儿腿弯成一个圈，让他鲜血四溅。不过，到目前为止，我也就能想想罢了。"K笑着说："你不能做点儿别的吗？"门房说："不能，现在情况更糟了，以前他扛走她只是为了自己，现在开始为了法官了。我早就说过，他早晚会这么做的。"K说："你太太多少也有错吧？"K在强迫自己这么问，因为他也嫉妒。门房说："她当然有错，她的错更多，是她自己贴上去的，那学生是女人就追，这楼上他都被五户人家扔出来过了。我老婆是这楼上最漂亮的女人，我却连自保的能力都没有。"K说："若是这样，那就没办法了。"门房说："唉，怎么没有呢？那学生是个胆小鬼，他若胆敢碰我老婆一根指头，我就可以狠揍他一顿。那样的话，他就再也不敢了。但他们不让我这么做，也没人帮我，他们都怕他手中的权力，唯一敢这么做的人，就是你。"K震惊地说："什么？我能怎么做？"

门房说："你不是吃官司了吗？"

"是，所以我才更怕。即使他插手不了案子的结果，多少也能影响开始的审讯。"

门房似乎认同 K 的观点："对，确实。不过，毫无希望的案子，我们通常不在这儿听审。"

K 说："我不这么认为，不过，这也不能阻止我对付那个学生，如果有机会的话。"

"那就太感谢你了。"这一声谢有点儿正式，门房似乎并不真的相信他的愿望就能这么实现了。

"或许，"K 接着说，"你其他的长官，可能所有的长官，都该有这样的下场。"

"啊，对的，对的。"门房似乎觉得理所当然。虽然之前也对 K 怀有善意，但这次他却第一次信任地看着 K，接着说："他们总是很嚣张。"不过，这种谈话似乎让他有点儿不舒服，说了一半他又打住了："我现在要去办公室报告，你愿意跟我一起去吗？"K 说："我没什么理由去那儿。"

"你可以去看看，没人会注意你的。"

"那值得看吗？"K 犹豫地问，尽管他很想跟着去。

门房说："啊，我觉得，你会感兴趣的。"

K 终于说："那好吧，我跟你去。"他跑上楼梯，跑得比门房还快。

到了门口他差点儿摔倒，因为门后还有个台阶。他说："他们不怎么为公众考虑。"门房说："他们从不考虑，看看这儿的等候室。"一道长长的走廊，两旁都是阁楼上不同部门的大门。没有光直接照进来，但也不像许多部门那样，一片黑暗。除了实体墙，只有木板直通天花板，从走廊上把不同的部门隔开。灯光透过木板，能看到不同的官员，在木板隔间里或坐或站，还能从走廊上的木板缝里观察他们。走廊里只有几个人，可能是星期天的缘故，这几个人并不引人注目。走廊放了两排长长的木凳子，他们就坐在上面，彼此间隔的距离都差不多。他们都穿得很不讲究，但从脸上的表情、胡子的样式，还有许多难以辨认的细节，能看出他们属于上流阶层。没有帽钩，他们都把帽子放在凳子下面，可能是一个跟着一个学的。坐在门口的人看见 K 和门房的时候，就站起来迎接他们。其他人看到了，觉得他们也该这样做，于是，K 和门房走过去的时候，所有人都站起来了。K 说："他们肯定很沮丧。"门房说："是的，他们都是被告，这儿的人，你看到的都是被告。"K 说："真的！那他们都跟我一样了。"他转向最近的一个人，一个瘦高个子，头发几乎是灰白的人。K 礼貌地问："您在这儿等什么呢？"但那个人被吓到了，因为突然有人跟他说话，K 为他感到惋惜，因为那个人显然是有社会经验的。在其他地方，那个人或许可以展示自己的优越地位，不会轻易放弃自己的优势，然而在这里，他连这么简单的问题都不知道该怎么回答，似乎若没人帮他，他就回答不了。门房走上前想安抚他，让他振奋一些："这位先生只是问你在这儿等什么，你可以如实告诉他。"对那个人来说，门房的声音可能比较熟悉，比 K 的说话效果好。"我……我在等……"他开始回答，又停住了。他清楚地选择了开头，好清楚地回答这个问题，但现在，他不知该如何继续了，其他等着的人也靠过来，围成一圈。门房对他们说："别挡路，保持道路畅通。"他们稍稍退回一点儿，但也没退回原来的位置，同时，那个人拉住K，甚至笑着回答他。

"一个月前，我提交了一些申请，是关于我案子的证据，现在在等结果。"

K说："你肯定花了大工夫。"

那人说："嗯，毕竟是自己的案子。"

K说："不是每个人都跟你想的一样，我也被起诉了，但我用灵魂发誓，我既没提交证据，也没做别的，你真觉得有必要？"

"我其实也不知道。"那人又开始不确定了，他显然觉得K在跟他开玩笑。在这种情况下，最好是重复一遍之前的答案，免得出错。K不耐烦地看着他，他只是说："就我个人而言，我只是申请了一下，让他们听听我的证据。"

K说："我也被起诉了，你可能不相信？"

"啊，不，我真的相信你。"那人往过道边上微微挪了挪，但他的回答里焦虑多过信任。

"你还是不信我？"无意识中，K被此人卑微的举动激怒了，他抓住对方的胳膊，像是要强迫对方相信自己。但K不想伤害这个人，只是轻轻地抓着他。然而，那人还是哭喊起来，仿佛抓住他的不是两根手指，而是烧红的钳子。他这么莫名其妙地喊，终于让 K 烦了。不相信更好，可能他还觉得 K 是个法官呢。K 又加了点儿力，把他推回凳子上坐着，接着离开了。门房说："这些被告都很敏感，大多都这样。"所有等着的人，几乎都跑到那人身边围成一个圈，那人已经不喊了，他们似乎在问他，刚才究竟是怎么回事。有个保安来到 K 面前，把手放在刀鞘上，K 很震惊。说他是保安，主要是从刀上看出来的，刀鞘似乎是铝的。因为有人喊叫，保安来问问怎么回事。门房说了几句话，想安抚一下保安，但保安说他得自己去看看。可能是痛风的缘故，他迈着小步快速离开了。

K 没跟保安或这些人耗多长时间，尤其是他看到走廊前面有个拐角，约在走廊半途右手边，没有门再挡着他了。他问门房路对不对，门房点点头，K 就过去了。门房依然慢一两步，跟在 K 后。K 比较烦，这让他感觉自己像被人逮捕了似的。所以，他常常等门房赶上来，但门房一直跟在他后面。为了摆脱这种不舒适感，K 终于说："我已经看到这里是什么样子了，我想走了。"门房坦率地说："还有些东西你还没看到。"

K 觉得很累了："也不用什么都看，我想走了，从这儿走能到出口吗？"

门房震惊地问："你没迷路吧？沿着这条路走，拐弯，沿着前面的走廊走到门口。"

K 说:"跟我一起吧,给我指个路。我会迷路的,这儿的路太多了。"

"这儿就一条路。"门房的口气已经开始有点儿责备的感觉了,"我不能陪你走回去,我得去交报告。因为你,我已经浪费很多时间了。"

"跟我一起走!"K 重复了一遍,语带尖锐,好像他终于抓到了门房在说谎一样。门房低声说:"别这样喊,我们周围都是官员。如果不想自己回去,跟我再走一段,或者在这儿等着,我交上报告再回来找你。"

K 说:"不,不,我不等了,你必须现在跟我回去。"一扇木门开了,K 才开始注意周围的事物。可能是 K 的声音太大了,一位年轻女子进来说:"这位先生有什么需要吗?"黑暗中,一个男人从她身后走来。K 看着门房,毕竟,门房说过,没人会注意到K。现在,就有两个人过来了,再来几个人的话,办公室里的所有人就都会注意到他,问他为什么会在这里,唯一可以接受的解释是,他被起诉了,想知道下次的审讯日期。但他不打算这么解释,何况,这也不是真正的原因,他只是好奇才过来的。不然的话,另一个解释更不能用:他想看看法院内部是不是跟外部一样惹人讨厌。看起来,他的推测是对的,也就不想再多看了。目前看到的这些,已经让他够烦的了。要是从哪扇门后面忽然冒出来个高级官员,他可不想应付他们。所以他想离开了,跟着门房走也行，实在不行就自己走。

　　不过，他静静地站在那儿，看上去很诡异。那个年轻女人和门房都在看他，好像他随时会变成什么别的东西似的，他们可不想错过这个情景。门口站着 K 刚刚注意到的那个人，他紧抓着矮门上的横梁，踮起脚摇晃了一下，似乎看得不耐烦了。K 的表现是因为不太舒服，是那个女人首先发现的。她拿来一把椅子，问 K：“不坐吗？”K 立刻坐下了，为了更舒服一点儿，他把手肘放在椅子扶手上。她问：“你有点儿头晕吗？”她的脸就在眼前，如同许多年轻女子一样，盛放的年纪，却挂着严肃的表情。她说：“什么都别担心，这很正常，几乎每个人第一次来的时候，都会有这种症状。这是你第一次来吗？真的，很正常。太阳晒在房顶上，把房子晒热了，这里的空气显得闷热沉重。不管有什么其他优点，反正很不适合办公，忙的时候，气都喘不过来，几乎每天都这样。这边还晾着很多衣物——我们没法不让租户晾——所以，你觉得不舒服也是正常的。不过慢慢你就习惯了，下次来，或者下下次来，你就注意不到这里的空气有多闷了。现在有没有好一点儿？”K 没回答，突然这么虚弱，还要接受这些人的怜悯，他觉得很尴尬。而且，知道自己为什么不舒服，也没让他好一点儿，反而有点儿更糟了。那个女子注意到了，她拿起一根靠在墙边的窗户撑子，在 K 的头上方撑起窗户。窗户朝外打开一些，让新鲜的空气进来。但是煤烟落得太多了，女子不得不赶紧关上，用手帕擦掉 K 手上的煤烟。因为 K 太累了，自己不想擦了，他就想静静地坐着，等到自己有力气离开。这些人越少添乱，他就好得越快。可女孩说："你不能待在这儿，我们挡路了……" K 看着她，似乎在问：挡了谁的路？

"你要是愿意，我可以带你去病房。"女子转向门口的那人，"帮我一下。"那人立刻过来了，K 可不想去病房，那就被越带越远了，走得越远越费劲。所以他说："我现在能走了。"刚才坐得太舒服了，乍一起身有点儿打晃，站都站不稳了。"站不起来。"他摇摇头，叹息着又坐下了。K 想起了门房。不管怎样，门房都能把他带出去，但门房好像早就不见了。那人和女孩站在他面前，越过他们往前看，但是找不到门房，那人衣着讲究，还穿着一件灰色马甲，下缘呈尖角状，令人印象深刻。"我觉得，这位先生不舒服，是因为这儿的空气不好。所以，最好别把他带到病房去，带他离开这里更好，他肯定也很愿意。""对，对，对。"K 高兴地说，差点儿打断了那人的话，"那样的话，我肯定好多了，我真的没那么虚弱，只是需要有人稍微扶我一下，我不会给你们添太多麻烦的，带我到门口就行。没多远的距离，我在楼梯上坐一会儿，很快就会恢复了。我一般不会这样的，我也很惊讶，因为我也在办公室工作，挺习惯办公室的空气的。这儿可能太闷了，你们也说过。所以，能不能稍微帮我一下，我有点儿晕，自己站起来会很难受。"他抬起胳膊，好方便他们扶着自己。

那人却没有上前，依然站在那里，手插在裤子口袋里，大声笑着跟女子说："你看，我说得对吧？这位先生平常都没事，来这儿才会不舒服。"女子也笑起来，但用指尖轻轻碰了碰男人的胳膊，似乎这玩笑过了。那人还在笑："你觉得呢？我真愿意带这位先生离开这儿。""那好。"女孩迷人的脑袋往边上侧了一下，对K说，"别太在意他的笑话。"K又不开心了，静静地盯着前面，似乎也不想多要什么解释了。

"这位先生——我能介绍一下您吗？"

（那人挥挥手表示同意。）

"那么，这位先生是问讯处的。等在这儿的人，有问题都可以咨询他，公众不是很了解我们的法庭和办公室，咨询他的人很多。他每个问题都会解答，您要是想问可以试试。不过，这并非他唯一的过人之处，他另一个优点是衣着考究。我们所有在这儿工作的人，都希望做他这项工作的人能衣着考究。因为他得跟当事人打交道，当事人第一个见到的就是他。第一印象得让人尊重，至于其他人，恐怕就，你看看我就知道了。我穿得很不讲究，穿着过时的衣服，也没必要花太多钱买衣服，我们几乎不离开办公室，睡都睡在这儿。不过，我刚刚也说过了，我们觉得问讯员还是得穿得好点儿。这方面的管理比较特殊，他们穿得好点儿也是为了我们。我们有专门的资金，有些当事人也会贡献一些。我们用这些钱给他买漂亮的衣服什么的，这些行头够他给别人留个好印象了。只要他别再大笑，别再吓唬人，就不至于搞砸了。"那人嘲笑她说："就是这样啊。不过，我不明白的是，你为什么要向这位先生解释我们这么私密的事，或者说，你为什么非要强迫人家知道这些。我敢肯定，他根本就不感兴趣，瞧瞧他坐在这儿，显然在想自己的事情。"K也不想反驳他。女子本意可能是好的，可能她受命分散他的注意力，也可能是给他个机会恢复一下，但都没有达到预期效果。女子说："我得跟他解释解释你为什么笑，我觉着你笑起来的感觉太侮辱人了。"

"我觉着，只要我最后能把他带出去，就是侮辱得再厉害一点儿，他也会原谅我的。"他们完全忽略了K，好像不存在，但K很宽容，连头都没抬。他们如此待他，才是眼下最适合他的。但是，他突然感觉到问讯员的手抓住了自己的一条胳膊，而另一条胳膊则被那位年轻女子抓住了。问讯员说："起来吧您，虚——的。"

"非常感谢你们俩。"K既惊讶又高兴，慢慢地站起来。对K来说，他们是陌生人，K得跟他们沟通，告诉他们自己身上哪些地方最需要人扶。

他们快到走廊的时候，女子悄悄在K耳边说："你可能觉得，替那个问讯员说几句好话，对我来说，可能非常重要。但你不能怀疑我说的，我说的是实话。他不是铁石心肠。当事人不舒服，带他们出来，真不是他的工作，但他还是这么做了，你也看得到。我觉得，我们都不是铁石心肠，都愿意帮助别人，只是我们在法院工作，容易给人一种印象，好像是铁石心肠，谁都不愿意帮一样。因为这个，我挺难过的。"问讯员说："不在这儿坐会儿吗？"他们已经到走廊了，就在刚才和K聊天的那个被告前面。让那人看见自己，K几乎觉得丢人。刚才还笔直地站在别人面前，现在就得靠两个人扶着了。问讯员帮他拿着帽子，K的头发上沾着汗水，贴在额头上。但那个被告，似乎什么也没注意到，只是谦卑地站着，就好像他站在那里，也要向问讯员道个歉一般。问讯员朝那人看去，那人说："我知道，我的案子今天还结不了，但我还是来了。我觉得，我觉得我能在这儿等，今天是星期天，我有的是时间。这儿的人，我谁都不打扰。"

问讯员说："没必要这样道歉，你这么有心，是该表扬。你在这儿确实占空间，又没人叫你来。不过，你的案子，你想怎么跟就怎么跟，我不会阻止你的，别妨碍我就行。毕竟，我见过那么多人根本不关心自己的案子。所以，对你这样的人我得有耐心，请坐下吧。"女子低声说："他对当事人很好的。"K点点头。问讯员又问："不在这儿坐会儿吗？"K听了这话，又开始动了。"不，我不想休息。"他说得尽可能坚决，不过对他来说，坐下来会好得多。K有种在海上晕船的感觉，他觉得自己乘船在波涛汹涌的大海上，海水拍打着旁边的木板墙。走廊深处传来巨大的声响，像是海水要席卷而来。整个走廊仿佛都在摇晃，两边等着的当事人在上下颠簸。在这种情况下，领着他的女子和男人还能这么冷静，真让人无法理解。他们是可怜他，要是他们一松手，K就会像一块板子一样，直挺挺地倒在地上。他们的小眼睛四处巡视，K能感到他们步伐平稳，但自己却做不到。事实上，他每走一步，都是被架着走的。K终于注意到，他们在跟自己说话，但他听不懂，唯一能听到的，就是周围充斥的噪声。似乎有个从未变过的高音在叫，像海妖的声音一般。K垂着头，低声说："大声点儿。"其实他知道，人家已经够大声了，可是他听不懂，还得让人家大声点儿，这让他觉得惭愧。最后，一阵凉风吹到他脸上，像是面前的墙撕开一道口子一样。他听见旁边有人说："他一开始说要出去，你都跟他说了一百遍了，这就是出口，他就是不动弹。"K开始意识到，他就站在出口前，那个年轻女子已经把门打开了，他全身的力气似乎一下子就回来了。K径直踏上一级台阶，提前尝到了自由的滋味。他松开了那两个人，他们向他弯腰致意。"太感谢你们了。"K一直在说，拉着他们握手。后来，他发现，他们在办公室里憋久了，很难适应门口相对新鲜的空气了，他才放手。他们连话都答不上来了，要不是K关门关得特别快，那个年轻女子可能就摔倒了。K又站了一会儿，拿出口袋里的镜子，梳了梳头发，从下一级台阶上拾起帽子，肯定是问讯员扔在那里的。然后，他快速地大步跑下台阶，跟之前的状态比起来，他自己都吓了一跳。他平日身体强健，从没这么惊讶过。难道是他的身体想恶作剧一下，给他来场新的审判，控诉自己以前很少关心自己？K给自己的建议是，等有机会，下次应该去看看医生，这个主意他并不反感。但不管怎么做，K都希望往后的每一个周日早上都比今天美好。

第四章

蒙塔格小姐

此后的一段时间，K都想多跟布尔斯特纳小姐说几句话。他想了很多方法接近她，都被她想办法避开了。他会直接从办公室回家，待在她的房间里不开灯，坐在沙发上等很久，等到实在无事可做，只能盯着空荡荡的门厅。如果女仆经过，看到屋子显然空着，就把门关上了。过一会儿，他就起身再去把门打开。早上他会比平常早起一小时，这样也许布尔斯特纳小姐上班的时候，他就能遇见她了。不过，这些努力一点儿用都没有。后来，K给她写了一封信，往办公室寄了一封，往住处寄了一封。信里再次提到，他会调整自己的行为，尽可能地做出补偿，承诺不再越过她规定的界限，只希望有机会能跟她聊一聊。而且，只有先跟布尔斯特纳小姐聊一聊，他才能再面对格鲁巴赫夫人。最后，K告诉她，自己下周日一整天都会待在房间里，等着她回应自己的请求。至少，她应该向自己解释一下，为什么所有约定他都承诺会遵守，她还是不愿意有所回应。信没退回来，但也没回复。但是，周日却给出了明显的信号。天色尚早，K从钥匙孔注意到，大厅有些奇怪的声响，之后声音又迅速变小了。一位法语教师，名叫蒙塔格的德国女孩，面色惨白，有点儿瘸，之前自己住一个房间，现在正搬进布尔斯特纳小姐的房间。她在门厅里磨蹭了几个小时，总是会有衣服或毯子或书之类的东西忘记，再专门出来找，好搬进新屋里去。

格鲁巴赫夫人亲自为K端来早餐——自从她上次惹K非常生气之后，只要是跟K相关的，哪怕最简单的活儿，她也不放心交给女仆做了——K别无选择，只好跟她说话。这是五天以来，他们第一次和对方说话。她把咖啡倒出来的时候，他说："今天门厅为什么这么吵？能让他们别这么吵吗？清理东西非得星期天吗？"K没抬头看格鲁巴赫夫人，尽管如此，他还是看见格鲁巴赫夫人松了口气。即使K问了这么尖锐的问题，她也觉得K是原谅她了，或者说，是开始原谅她了。她说："K先生，我们不是在清理东西，只是蒙塔格小姐要搬去和布尔斯特纳小姐一起住，她在搬东西。"她没再说什么，只是等着K的反应，看K让不让她继续说下去，但她猜不透K的心思。K拿起勺子，若有所思地搅着咖啡，却依然保持沉默。然后，他抬头看着她："你上次怀疑布尔斯特纳小姐的那些事，还在怀疑吗？"格鲁巴赫夫人其实就在等这个问题，她两手交握，朝K伸出手去："K先生，上次我只是说，有这个可能，您就对我评价这么差。我真的无意冒犯任何人，不管是您还是其他人。K先生，您认识我的时间够久了，肯定会相信我的。您不知道，这几天我被折磨成什么样儿了！我不该在房客身上造谣！而您，K先生，您相信了！您说要离开这里！要离开这里！"哭诉到这一句，格鲁巴赫夫人的声音已经被眼泪吞没了。她拿起围裙盖在脸上，大声地哭起来。

"噢，格鲁巴赫夫人，别哭。"K看着窗外，满脑子都在想布尔斯特纳小姐，她为什么会接纳一个陌生女孩住到自己屋里。他转过身，看到格鲁巴赫夫人还在哭，就又说了一遍："别哭了，我当时那么说，也没什么恶意，这只是个误会。老朋友之间，有时也有误会。"格鲁巴赫夫人把围裙从眼睛上拿下来，想看看K是不是真的试图和解。K说："嗯，就是这样。"格鲁巴赫夫人的行动显示，上尉没说什么。他才敢又补了一句："你真的觉得，我会为了一个，我们几乎都不认识的女孩，跟你对着干？"

"对，你说得对，K先生。"格鲁巴赫夫人说。但这个女人有点儿不幸，一旦她觉得有点儿说话的自由了，就添了几句愚蠢的话："我一直在问自己，为什么K先生对布尔斯特纳小姐这么感兴趣？为什么他要因为布尔斯特纳小姐而跟我吵架？他明明知道他说的气话会让我那天晚上睡不着，而且布尔斯特纳小姐的事，我说的都是我亲眼见到的呀！"K没有回答。原本她一开口，K就应该让她离开的，不过他不想那么做，他只是喝着咖啡就满足，这让格鲁巴赫夫人感到，她是个多余的人。外面，还能听到蒙塔格小姐的脚步声，因为她总是要来来回回地从大厅的一边走到另一边。"你听见了吗？"K用手指着门。"听见了。"格鲁巴赫夫人叹了口气，"我想帮帮她的，也想让女佣帮帮她的，但她太倔了，非要自己搬进去。不知道布尔斯特纳小姐是怎么想的，把房子租给蒙塔格小姐，我都常觉得是件心事，布尔斯特纳小姐竟然让她跟自己住一起。"

"你没什么可担心的。"K搅着自己杯子里剩下的方糖，"她给你惹什么麻烦了吗？"格鲁巴赫夫人说："没有，但就这件事来说，她搬过去挺好的，就能腾出间空屋来给我那个上尉侄子住了。前几天，我只能让他住在起居室，总担心他会打扰到你。他这个人，不大为别人着想。"

"这个主意好！"K站起来说，"那没问题。你似乎觉得，我是无法忍受蒙塔格小姐来来回回地走才过于敏感——她又走回来了。"格鲁巴赫夫人看上去十分无力："那K先生，我是不是应该告诉她先停下，剩下的晚点儿再收拾？如果您希望这样的话，我立刻就去。"K说："不过，她还是得搬到布尔斯特纳小姐屋里住！"

"是啊。"格鲁巴赫夫人不是很明白K的意思。

"所以，她得把东西搬过去。"格鲁巴赫夫人点点头。K更烦了，格鲁巴赫夫人呆板的无助看上去像是她的某种挑衅一般。他开始在门窗之间走来走去，这样一来，格鲁巴赫夫人就没机会走了，原本她有可能离开的。

　　K又一次走到门边的时候，有人敲门了，是女佣。她说蒙塔格小姐想跟K先生说几句话，因此，希望他到餐厅去，她会在那儿等他。K听着门外女佣的话若有所思，再回头看格鲁巴赫夫人时，K那近乎蔑视的目光让她感到震惊。他的表情似乎在说，K已经期待蒙塔格小姐的邀请很久了，正是这份期待，才让他周日一大早就能忍受格鲁巴赫夫人这位烦人的租客。他把女佣打发走，告诉她自己这就过去。然后，他去衣柜里拿了件外套换上，对于蒙塔格小姐制造的麻烦，格鲁巴赫夫人稍微抱怨了一下。K的回应是，把早餐的东西收拾一下。格鲁巴赫夫人说："但你几乎没怎么动。"K吼道："拿走！"K觉得，似乎哪儿都有蒙塔格小姐参与，这让他很反感。

　　他穿过大厅的时候，看了看布尔斯特纳小姐关着的门。但他受邀的地方不是那儿，是餐厅。他门都没敲，直接拉开了餐厅的门。

　　狭长的房间里，只有一扇窗户。门口的角落里，只能对角摆着两台壁橱。剩下的空间，从门口到大窗户，全被一张长餐桌占领了。窗户边上几乎都过不去，桌子摆在这儿是给很多人吃饭用，因为星期天中午几乎所有的租客都会来这儿吃饭。

　　K进去后，蒙塔格小姐从窗边向他走来，他们默默地打了个招呼。蒙塔格小姐还是惯常的姿势，头诡异地直挺着。她说："不知道你之前认不认识我。"K蹙眉看着她："当然认识，你在格鲁巴赫夫人这儿已经住了有一段时间了。"蒙塔格小姐说："但我印象中，你不怎么关注这里的事情，不想坐下吗？"两人从桌子最远端拖出椅子来，面对面坐下。但蒙塔格小姐又站起来，她的手包放在窗台上了，她得去拿回来；她慢吞吞地从门口走到窗边，回来的时候手包微微摇晃："我想代表我的朋友，跟你说几句话。她本来要自己来的，但她今天有点儿不舒服，希望你能原谅她。听我说几句，她要对你说的话，我会一字不漏地告诉你。其实，甚至说，我能告诉你的，比她能告诉你的还多。毕竟，我相对公正一些，你不赞同吗？"蒙塔格小姐一直在观察他的嘴唇，这让K觉得很烦。"那么，你要说什么呢？"用这种方法，K开口之前，蒙塔格小姐就知道他想说什么。"我想约她单独聊聊，显然，布尔斯特纳小姐拒绝了我的请求。"

蒙塔格小姐说："就是这样，或者说也不完全是这样，没你说得那么严重。通常来说，人家约你见面，不能答应也不能拒绝。有些见面，可能是觉得没有必要，比如这次见面。现在，听完你的意见，我就能直接说了。用口头方式也好，书面形式也好，你问我朋友，是否有时间跟您聊聊。现在，我朋友知道你为什么要跟她见面，至少我猜她知道。因此，出于一些我不知道的原因，她很确定，如果她见了你，对谁都不会有好处。而且，到了昨天，她才跟我提了一下，这种见面对你也没有任何好处。她觉得，你可能只是一时起意，就算她什么都不解释，你也很快就会意识到见面没什么用，没想到你还是这么做了。不过我觉得，见面还是对的。如果事情能完全说清楚，如果能给你一个明确的答案，我觉得还是有好处的。我自告奋勇接了这个任务，我朋友犹豫了一会儿，也勉强同意了。我也是为了你的利益着想，哪怕再不重要的事，哪怕有一丁点儿不确定，也始终会让人痛苦。所以，在这件事情上，如果能通过实际的努力来消除这些疑虑，那我希望我们就尽快解决，别拖了。"蒙塔格小姐一说完，K就说："谢谢你。"他慢慢站起来，看着她，又越过餐桌看向窗外。窗外，对面的房子沐浴在阳光里。然后，K走到门口。蒙塔格小姐跟着他走了几步，似乎不太信任他。然而，到了门口，他们两个不得不后退几步，因为门开了，兰斯上尉进来了。这是K第一次近距离看他，这是个四十岁左右的大个子，棕褐色的脸肉嘟嘟的。他微微欠身，向K致意，然后又走到蒙塔格小姐那儿，恭敬地吻了吻她的手。他走路的仪态十分优雅，他对蒙塔格小姐表现出来的礼貌比K强太多了，两者形成鲜明的对比。尽管如此，蒙塔格小姐似乎也没生K的气。K甚至觉得，她想向K介绍一下上尉。K可不想让她介绍，他对这两个人都没什么好感。对K来说，那一吻就把他们划成一伙儿的了，就是因为他们，自己才见不到布尔斯特纳小姐。但这两个人似乎又全然无害，全然无私。

不过 K 觉得，他看到了更多东西。他认为，自己也看得出来，蒙塔格小姐选了一个好办法，但这办法有利有弊，她夸大了 K 和布尔斯特纳小姐之间的关系，夸大了 K 要求和布尔斯特纳小姐说话的重要性。同时，她也在证明 K 夸大了一切。她会失望的，因为 K 不想夸大一切。他很清楚，布尔斯特纳小姐只是个小小的打字员，他对她的兴趣不会持续多久的，因此，他根本没考虑格鲁巴赫夫人的话。这些事在他的脑子里打转，以致他离开房间时，连个礼貌的招呼都没打。他想直接回房间，但忽然听到身后的餐厅里传来蒙塔格小姐的一阵笑声。他忽然想到，或许可以为这两个人预备一份惊喜。他四下看了看，听了听，发现其他房间都没人出来干扰他。四处都很安静，唯一能听到的，就是餐厅里的谈话声和格鲁巴赫夫人从走廊传到厨房的声音。这似乎是个好机会，K 走到布尔斯特纳小姐屋门口，轻轻地敲了敲门，但没有动静。所以他又敲了敲，还是没人答应。她睡着了吗？还是真的不舒服？还是她只是假装听不见，因为她知道只有 K 的敲门声这么轻？K 估计她就是假装没听见，于是更加用力地敲门，但怎么都没人答应，他小心翼翼地打开屋门，自己也觉得这么做不太合适也毫无意义。屋里一个人都没有，而且这间屋子跟 K 记忆中的那间屋子几乎完全不同。现在靠墙的位置有两张床了，床头挨着床尾。门附近的三把椅子上堆满了衣服，衣橱还开着。蒙塔格小姐在餐厅跟 K 说话的时候，布尔斯特纳小姐肯定已经走了。K 倒没觉得很恼怒，他本来也没觉得自己能这么容易地找到布尔斯特纳小姐，只是这次尝试给了他更多的理由去讨厌蒙塔格小姐。但是，当 K 又一次关上房门的时候，他发现蒙塔格小姐和上尉在餐厅的门廊处聊天，这更让他觉得尴尬。可能 K 一开门，他们就站在那儿了。为了装作不在意，他们随便聊了几句，却一直在注意着 K 的举动，就像人们聊天时目光总能扫到一些东西一样，但这让 K 感到很有压力，他贴着墙边，迅速回到自己的房间。

第五章

拿鞭子的人

几天后的一个晚上，K 在办公室和楼梯道中间的走廊上走着。那天晚上，他几乎是单位最后一个下班回家的，还有两个派件部的员工就着一个小灯泡在工作。忽然，他听到一扇门后传来一声叹息，他从来没打开过那扇门，但一直以为那扇门只是通往旧物间。他震惊地站着，又听了听，确认自己没有听错。安静了一会儿，然后是更多的叹息，他第一反应是找个派件员来，有个人作证好一些，但随后，好奇心无法控制，他猛地拉开了门。跟他想的一样，就是个旧物间，不用的旧报纸和石质空墨水瓶散落在门口。但在这个壁橱一样的房间里，矮矮的屋顶下蜷缩着三个人。架子上安置了根蜡烛，有了亮光。"你们在这儿做什么？"K 不假思索地小声问，语带恼怒。其中一个穿着黑色皮衣、脖子、胸膛和胳膊露在外面的，显然是他们的头儿。他没有回答，但其他两人喊道："K 先生！因为你在预审法官面前说我们坏话，所以我们就得挨揍！"这时，K 终于意识到，这是那两个警察，弗兰兹和威廉姆。另一个人手里拿着桦木条，准备抽打他们。K 瞪着他们："呃，我可没说你们坏话，那天发生在我家里的事，我只是实话实说。而且，你们的行为确实也有不妥当的地方。"弗兰兹显然正往威廉姆身后躲，免得挨打。威廉姆说："K 先生，你要是知道我们工资有多低，就不会觉得我们那么坏了。我得养家，弗兰兹想结婚，我们得多挣点儿钱，工作努力是赚不到钱的，多努力都不行。我看您穿的衣服这么好，我就被吸引了，心里难受。警察是不允许这么做的，当然不允许，我们这么做也不对。不过，这些衣服最后都会到长官手里，这是个传统。一直以来，都是这个传统，相信我。对那些不幸被逮捕的人来说，这些衣服又算得了什么呢？所以，这也是可以理解的，对吧？但当事人要是公开说出来，我们就得受罚。"

"你说的这些，我都不知道，我也没要求惩罚你们，我只是按自己的原则做事。"

"弗兰兹。"威廉姆又转向他们的头儿，"不是跟你说过了？这位先生没说要惩罚我们，现在你自己也听见了，他都不知道我们要受罚。"

那个人对 K 说："是不是他们说服了你，你才这么说的？他们受罚，是公平正义的，也不能不罚。"

"别听他的。"威廉姆打断了他，手上嘴上立刻重重挨了一下，"我们受罚，就是因为你说了对我们不利的话。不然什么都不会发生的，就算他们发现了我们做的事，也不会罚我们。你把这叫作公平正义？我们俩，尤其是我，时间已经证明了，我是个好警察。你也承认，公家的工作我们都做得很好。对我们来说，一切顺利，我们还是有前景的。肯定有一天，我们能跟这个人一样，成为拿着鞭子抽人的人。只是他比较幸运，没有当事人说他坏话，这种事真的很少发生。只是现在，K先生，一切都结束了，我们的工作到头了。现在，我们得干比警察低级得多的活儿，除此之外，还得挨打，疼得可怕。"

"这个树条抽得真这么疼吗？"那人在他面前挥舞树条的时候，K试了试。威廉姆说："我们得全部脱光。"

"哦，我明白了。"K径直看向拿鞭子的人，他的皮肤晒成棕褐色，像海员的皮肤，面色显得健康且有活力。

K问他："就没什么办法能让他俩不挨打吗？"

那人笑着摇了摇头："没有。"

他命令那两个警察："脱衣服！"

他对K说："他们说的话，你一句也不该信。他们就是怕挨打，思想上有点儿软弱。"他指着威廉姆说："比如这个人，他跟你说的，都是他的职业愿景，简直可笑。你看看他，你看看他胖成什么样儿了，桦树条打在他身上，打的也是那一身脂肪。你知道他为什么这么胖吗？他习惯了每次去逮捕别人时都要吃掉人家的早餐。他是不是吃了你的早餐？你看，跟我想的差不多。就这样的肚子，还能当拿鞭子的人？毫无疑问，这是不可能的。"

"拿鞭子的人有那样的。"威廉姆坚持，他刚把裤腰带松开。

"没有。"拿鞭子的人朝他脖子狠抽了一下，他吓得往后躲。

"你不该听这个，脱衣服。"

"你放他们走，我可以给你一些补偿，保证让你满意。"K没再看那个人，像这样的事情，最好是双方的眼睛都垂下，K掏出钱包。

拿鞭子的人说："你这是想回头再去说我的坏话，让我也挨鞭子。不，不要！"

K说："你现在理智一点儿。如果我真想让这两个人受罚，干吗现在还要出钱买他们的自由？我直接关上身后的门，回家，不就什么都看不见听不见了吗？但我没那么做。对我来说，让他们走真的很重要，要是我早知道他们会因此受罚，或者可能因此受罚，当初我就不会提他们的名字，因为该对此负责的人不是他们。该怪的是这个体制，该怪的是那些高级官员。"

"说得对！"那两个警察喊道，背上立刻又挨了一下。他们的背，现在是光着的了。K按住枝条，免得那人再举起来："如果现在，是个高级官员在你的鞭下，我绝不会阻止你。相反，我甚至会给你钱，让你打得用力点儿。"那人说："嗯，你说的话，听上去很有道理。只是，我不是那种你可以贿赂的人。我的工作就

96

是用鞭子打人，所以我得鞭打他们。"那个叫弗兰兹的警察，之前一直很安静，可能他在期望 K 的干预能有个好结果。但这时，他只穿着裤子，向门口走去，跪下摇着 K 的手臂，低声说："就算你不能把我们两个都救出来，起码试试让他放了我。威廉姆比我年龄大，身体各方面都没我敏感。几年前，他还挨过一顿轻的，我的记录还是清白的，我之所以那么做，都是威廉姆带的我。他是我的老师，既教了我好的东西，也教了我不好的东西。我的未婚妻还在楼下银行门口等着我，我觉得自己太丢人了，太可惜了。"他脸上流下了泪水，又用 K 的外套擦干。"我不会再等了。"拿鞭子的人用两手握住桦树条，朝弗兰兹身上招呼。威廉姆蜷缩在角落里偷偷地看着，连头都不敢回。突然，弗兰兹传出一声长长的惨叫，收都收不回来。这叫声似乎不像是人身上发出来的，倒像个受折磨的物件儿。整个走廊都传遍了，楼里的每个人肯定都听见了。K 无法控制地吼道："别那么喊！" K 紧张地看了一眼派件员的方向，怕他们忽然过来。K 推了弗兰兹一下，力气不大，但足以让他无意识地倒在地上，条件反射地用双手撑地，这也没能阻止他挨打。他在地上，枝条照样抽他，枝条尖有规律地上下舞动，他跟着在地上滚来滚去。现在，有个派件员从远处走来，另一个跟在他身后几步远的距离。K 赶紧关上门，走到一扇窗户前，看着下面的院子，把窗户打开。惨叫声彻底停止了，如此一来，派件员就不会进去了。K 喊道："是我在这儿！"

有人回道:"晚上好,主管,出什么事了吗?"K说:"没有,没有,就是一条狗在院子里叫。"派件员们没说话,K又补了一句,"你们可以回去忙你们的。"他可不想跟他们多说话,就将身子探向窗外。过了一小会儿,他再回头看走廊的时候,那两个人已经不见了。K仍在窗边待着,他不敢回那个旧物间去,也不想回家。下面是个长方形的小院子,周围都是办公室,窗户都很黑,只有那些最高层的窗户才能反射出月光。K努力想看清院子里一个角落的黑暗处,几辆手推车接连离开了。没能阻止这场鞭打,K觉得很痛苦,但这不是他的错。虽然肯定很疼,但一个人在重要场合应该学会控制自己,这很重要。如果弗兰兹不那么叫的话,本来很有可能K能劝阻那个拿鞭子的人的。那个拿鞭子的人,他的岗位是最没有人情味的。既然所有的低级官员都是被逼的,他为什么会是个例外呢?K看得非常清楚,自己拿出钞票的时候,那人的眼睛都在发光。他显然只是装作自己的工作非常严肃,来多要点儿贿赂。而K也不是个小气的人,他真想把那两个警察救出来的。如果K现在真的要做点儿什么来对抗法庭的腐败,这件事情就是他可以做的。不过,弗兰兹这么一喊,K就不可能再做什么了。K不可能让银行的低级职员,甚至可能所有类型的其他人,都跑过来看着他在旧物间里和那些人争论,谁也不能让他这么牺牲。如果能按他的意愿来,事情就容易多了。K宁愿自己脱光衣服替那两个警察挨打,拿鞭子的人当然不会同意的,那样的话,他就严重违反职责了，还得不到任何好处。那样的话，他就是两次违反职责。因为法院可能下了命令，因为 K 面临控告，所以不能伤害他。对暴力怎么定义，可能还有一些特别的条件。不管怎样，K 能做的，就是摔门而出。尽管这样，也不能消除他面临的危险。他很后悔推了弗兰兹一把，他给自己找的唯一借口，就是他当时很激动。

远处传来派件员的脚步声，K 不想让他们太关注自己，就关上窗户，朝主楼梯走去。他停在旧物间门口，听了一小会儿，什么声音都没有。那两个警察此刻的命运，完全掌握在那个拿鞭子的人手中，他能把他们打死。K 伸手去够门把手，突然又迅速收回来，他再没有立场去帮助任何人，派件员很快就回来了。不过他对自己承诺，以后会跟别人提起这件事的，只要在他的能力范围内，他就要让那些真正犯罪的人，那些迄今都不敢出现的高级官员，接受他们应有的惩罚。K 沿着主楼梯走到银行门口，四下里仔细地看了看那些经过的人，没看到什么女孩，也没看到谁像是在等人，连距离远一点儿的地方都没有这样的人。所以，弗兰兹说他未婚妻在等他，显然是在说谎，但这可以原谅。毕竟，他也只是想多博取一些同情。

第二天，K 还在想那两个警察的事。他无法集中注意力，只好比头一天又晚些下班，才完成当天的工作。回家的路上，他又经过旧物间，又打开门，这似乎已经成了他的习惯了。他原本以为，屋里会一片黑暗。结果，他发现，一切都跟头天晚上一样，他都不知该作何反应了。所有的东西，都跟他头天晚上开门的时候一模一样。门里边的旧报纸和空墨水瓶，拿着桦树条的人，两个没穿衣服的警察，架子上的蜡烛。那两个警察开始哀号："K 先生！"K 立刻关上门，还用手拉了拉，确保门关严实了。他几乎眼含热泪地冲到派件员那里，他们正在打印机旁安静地工作。K 吼道："去那个旧物间清理一下！"派件员们震惊地停下了手头的工作。K 说："早就该清理了，我们简直就像是在垃圾堆里！"他们说明天会清理，K 点点头。确实也太晚了，不能让他们现在就打扫，虽然 K 原本是这么打算的。他小坐了一会儿，希望能跟他们在一起待久一点儿。K 像检查工作一样翻看了几页打印的东西，后来他发现他们不敢和他同时下班，于是就回家去了，身体疲惫，头脑木然。

第六章

叔叔来访

一天下午，K很忙，忙着准备发函件，有两个员工给他带来一些文件。就这样，K的叔叔（一个小村庄的地主）卡尔进来了。他推开那两个人冲到K面前，虽然K一直期待他的叔叔出现，但他一出现，K还是震惊到了，K不再像很久以前那样那么期盼叔叔来了。他叔叔肯定会来的，这事已经定了快一个月了。当时他已经在想叔叔来时是个什么场景了：背有点儿弯，左手拿着一顶扁巴拿马帽，右手伸到桌子上伸得很长。他不假思索地冲过来，离K太近了，几乎撞倒了面前的一切。K的叔叔总是这么匆匆忙忙的，因为他一直不幸地以为自己去趟大城市就有很多事情要做，他觉得一天之内就得把所有的事情都处理完。同时，他还觉得自己不能错过任何谈话或是做生意或是娱乐的机会。叔叔以前是K的监护人，所以，K有义务帮他处理这一切，还得给他提供住的地方。他会说："我被乡下来的鬼魂缠住了。"

他们互相问好，K 请他坐在躺椅上，但卡尔叔叔没时间，他说他想跟 K 私下简单说几句。他疲惫地咽了咽口水："很有必要，这样我才能安心。"K 立刻打发低级职员从办公室出去，告诉他们不要让任何人进来。"我听到的消息是怎么回事？"房间里只剩他们两人时，K 的叔叔哭喊道。他一屁股坐在桌子上，拿过几张纸，看也没看是什么，就垫在屁股下面，好让自己舒服一些。K 什么都没说，他知道叔叔说的是什么。但是，突然从工作的忙碌中解脱出来，他感到一阵放松，于是他望着窗外的街对面。从他坐着的地方，只能看到一片小小的三角形区域，那是两个玻璃橱窗中间的房子，他只能看到部分墙面，墙上什么都没有。"你在看窗外！"他叔叔叫喊着，抬起胳膊，"看在上帝的分上，约瑟夫，给我个答案！这是真的吗？是真的吗？"K 从白日梦中把自己拽回来："卡尔叔叔，我真不知道你想让我说什么。"他叔叔用警告的语气说："约瑟夫，据我所知，你从来都不说谎的。你刚才说的话，可不是什么好兆头。"

　　K 顺从地说："我想我知道你想让我说什么，我估计你听说了我的审讯。"

　　叔叔慢慢点头："那就对了，我是听说了你的审讯。"

　　K 说："那你是听谁说的呢？"

　　叔叔说："阿娜给我写的信。确实，她和你联系不多，恐怕你也不怎么关注她，不过她还是知道了。我今天才收到她的信，当然就直接过来了。也没什么别的原因，对我来说，这个原因就足够了。我可以给你念念，信上写的关于你的事情。"他把信从钱包里拽出来："就是这个，她写着，'我很久没见约瑟夫了。上周我在银行，但约瑟夫太忙了，他们不让我过去，我在那儿等了快一个小时，后来不得不回家，因为我得回去上钢琴课。我想跟他聊聊，可能下次会有机会。我命名日的时候，他给我送了一大盒巧克力，真好真体贴，上次我写信的时候忘了告诉你了，我只记得你问过我那件事。你肯定意识到了，巧克力在我寄宿的地方不见了。几乎是你这边刚知道有人送了你巧克力，那边就不见了。不过，还有些关于约瑟夫的事情我想告诉你，如我所说，在银行里，他们不让我过去见他，是因为他在跟几位先生商谈。我在那儿静静地等了很长时间，然后我问一个工作人员，他们是不是还要谈很久，他说很有可能。他说可能是涉及法律诉讼，案子对他不利。我问他什么样的法律诉讼会对主管不利，主管犯了什么错。但是他说，主管没错，但是有官司缠身，是关于一些挺严重的事情，但他也什么都不知道。他愿意帮助主管，因为主管是个绅士，人好又诚实，但他也不知道自己能做些什么，只能希望那些有影响力的人也能站在他这边。我敢肯定有事情发生了，虽然事情最终会水落石出，但现在看起来情况并不好，你看主管的情绪就知道了。当然，我也没觉得这谈话有多重要，还尽力安抚了银行职员的情绪，他是一个挺简单的人。我跟他说，不要告诉任何人，我觉得这是谣言。不过亲爱的父亲，我还是觉得，如果让你知道这件事，下次你来的时候，会更知道该怎么做。你要知道细节很容易，如有必要的话，可以找找你认识的那些有影响力的大人物做点儿什么。不过，如无必要，看起来很可能是这样，那至少，你的女儿又有机会见你了。期待你来。' 她是个好孩子。"叔叔念完信，擦了擦眼角的几滴泪。K 最近几度被打扰，已经完全忘了阿娜了，甚至也不记得她的生日。巧克力的故事明显是编的，这样叔叔婶婶就不会来找他麻烦。确实很感人，他也经常给她寄一些戏票，但不足以回报她。不过就算到现在，他也确实觉得自己不应该去一个十八岁女孩的住处找她聊几句。"你有什么要说的吗？"叔叔读信的时候，已经忘了自己激动的情绪了，似乎打算再读一遍。K 说："是的，叔叔，这是真的。"叔叔喊道："真的！什么真的？这怎么可能是真的？什么样的审讯？不是刑事审讯吧？我希望。"K 回答说："是刑事审讯。"叔叔更大声地喊："刑事审讯悬在你头上，你还安静地在这儿坐着？"K 用疲惫的声音说："我越冷静对结果越好，别担心。"他叔叔喊道："我怎么能不担心？约瑟夫，我亲爱的约瑟夫，想想你自己，想想你的家人，想想我们家族的好名声！直到现在，你一直是我们的骄傲，别成为我们的耻辱，我不喜欢你现在的行为表现。"K 的叔叔歪头看着 K，"你现在的表现，是非常软弱的表现，到底都发生些什么，告诉我，我才能帮助你。跟银行有关，对不对？"K

站起来："不是，你说话声音太大了，叔叔。估计有个员工正在门口偷听，这让我很不舒服。我们最好换个地方，我会尽我所能回答你所有的问题。而且，我也非常清楚，我的行为，应该对家人负责。"他叔叔喊起来："你当然得为家人负责！说得对，那走吧，约瑟夫，现在就赶紧走！"K说："我还有几个文件要准备。"他用内部电话叫来了助理，过了一段时间，助理到了，K的叔叔依然很愤怒很激动，打了个手势给助手，告诉他K叫他，其实他根本不需要打这个手势。K站在办公桌前，向这个年轻人解释当天他不在的时候需要处理的工作，K语调冷静，提到了好几份文件，助手冷静专注地听着，K的叔叔总是在扰乱他们，他也不听K在说什么。一开始，他站在那里，睁大眼睛，紧张地咬着嘴唇。后来，他开始在屋里走来走去，不时停在窗前，或站在一幅图画前面，总是发出各种感慨："我完全理解不了这个！"或者，"你告诉我，你打算怎么办？！"年轻人装作什么都没注意到，从头到尾都在听K的指示。他做了些笔记，然后朝K和他叔叔鞠了个躬就离开了。K的叔叔背对着他看向窗外，伸手把窗帘拢在一起。门还几乎没关上呢，他就吼："终于说完了！他不来闹腾了，我们也能走了！"他们走到银行前厅，几个员工站在那儿，副主管正从那儿经过，但不幸的是，这些都无法阻止K的叔叔一直问审讯的问题。"那么，约瑟夫。"他开始了，路过前厅时，那些人冲K和他叔叔鞠了躬，他叔叔微微示意了一下，"跟我说说这次审讯的所有事情，是什么样的审讯？"K简单回答了一下，其中基本没什么信息，他甚至还微笑了一下。走到前面的楼梯时，他才向他叔叔解释，他不愿在那些人面前公开说这次审讯。他叔叔说："说得对，那现在我们开始说吧。"他把头偏向一边，急促地抽着雪茄听K说话。K说："首先，叔叔，这不是你想象中的那种在正常法庭里的审讯。"叔叔说："那就糟糕了。"K看着他："怎么了？"他重复道："我的意思是，那就更糟了。"他们站在银行前面的楼梯上，门卫似乎在听他们说话。K拉着他叔叔往下走，走远了一些，融入了大街的喧闹之中。他叔叔挽着K的胳膊，不再急着问审讯的事，二人默默地走了一会儿。"不过，这一切是怎么发生的？"他终于问道。K的叔叔突然停下，让他后面走路的人吓了一跳，他们赶忙避开，免得撞到他身上。"这样的事不会突然发生，事情通常都是很久之前就开始发展了，肯定有一些迹象。你怎么不写信告诉我？你知道的，我什么都会为你做的。从某种程度上来说，我还是你的监护人。直到今天，那也是令我骄傲的事情，我还会帮你的，我肯定会的。只是现在，现在审讯已经开始了，很难做什么了。不过，不管怎么说，现在你最好休个短假，跟我们一起在乡下待一段时间，你都瘦了，我看得出来。乡下的生活会给你力量，对你有好处，前边肯定还有很多麻烦在等着你。除此之外，从某种程度上来说，这也是个让你远离法庭的办法。在这里，他们用各种方法显示他们的权威，会自动用各种手段对付你。到了乡下，他们的权力就没有用武之地了，只能写封信、发个电报、打个电话来骚扰你，那个效力就小多了。虽然这些不能把你从他们手里救出来，但总能给你喘息的时间。""你也可以不让我离开。"K已经有点儿按照叔叔的方式去思考了。他叔叔仔细想了想："不会的，我不相信你会这么做，你走了又没多大损失。"K架住叔叔的胳膊，免得他走不动，"我本以为，你不会觉得这事多严重。现在看来，你比我看得还严重。"

"约瑟夫。"他叔叔试图挣脱K的胳膊好停下来，但K不放手。"你完全变了，你以前的聪明呢？都哪儿去了？你想输掉这场官司吗？你知道这意味着什么吗？这意味着你完蛋了，你认识的每一个人都会被你拖累，起码会受到侮辱，尊严扫地。约瑟夫，振作起来！你对这件事的冷漠快让我发疯了，看到你现在的样子，我几乎都相信那句俗语了：'打官司一定会输。'"K说："我亲爱的叔叔啊，激动什么用都没有，你这么做没有好处，我这么做也没有好处，这个官司不是靠激动就能赢的。相信我的人生经验，就像我一直都尊重你的人生经验一样。虽然有时你的经验让我惊讶，但我还是尊重你，你说家人也会被这案子牵连，我实在看不出来这怎么会牵连到家人。不过那不是重点，我也很愿意照你的吩咐做。只是，我看不出来待在乡下有什么好处，连对你都没什么好处，那就意味着逃离和罪恶感，而且尽管我在受迫害，但我如果留在这儿，可以把事情往更好的方向推进。"

"你说得对。"他叔叔的语气似乎表明，他们终于越来越能说到一块儿去了。"我这么建议是因为我觉得你对这件事毫不关心，这样的话，你留在城里，案子会有危险。让我来替你奔走会更好一些。不过你要是能尽全力去推动事情的发展，如果能这样的话，那自然更好。"K说："那我们就这么说定了，我接下来要怎么做？你有什么建议吗？"他叔叔说："当然，我自然在想这个，你必须记住，我在乡下生活了二十年的时间，几乎没离开过，遇到这样的事情，你就无计可施了。但我跟几个人有一些重要的联系，我估计他们在这方面比我有办法，我当然要先去联系联系他们。我在乡下，对这样的事情完全不了解，这些你肯定明白。有时遇到这样的事情，你得自己留心，而且你这件事很大程度上是意料之外的，还十分古怪。读到阿娜的信的时候，我就想到一些，今天看了你的脸色，我几乎就能完全肯定了。但那些都不重要，现在重要的是我们没有时间可以浪费了。"他一边说话，一边踮起脚打了辆车，然后把K拖进车里，告诉司机一个地址。"我们现在要去胡德博士那儿，一个律师。他是我同学，你肯定知道他的名字，对吧？不知道？好吧，那有点儿奇怪。他是个辩护律师，经常为穷人辩护，名声很好。我很尊重他，也很信任他。""我都行，随你。"他叔叔处理这件事如此匆忙，让K感到不舒服，带着被告去见一个给穷人打官司的律师真的无法让人感到鼓舞。他说："我不知道这样的案子能不能找律师。"叔叔说：

110

"当然能了，这还用说，为什么不找律师？现在，既然我在指导你，告诉我，到目前为止都发生了什么。"K立刻开始告诉叔叔发生了的一切，毫无保留——全然敞露胸怀，是K唯一能向他叔叔抗议的方式，因为他叔叔说，这案子是他带给家人的耻辱。他提到了一次布尔斯特纳小姐的名字就带过了，这也没影响他的坦诚，因为布尔斯特纳小姐本来就跟案子无关。他说的时候看着窗外，就在刚才，他发现他们离郊区的法庭越来越近了，他想让叔叔也注意到这一点，但叔叔似乎不太在意。出租车停在一幢深色的建筑前，K的叔叔敲了敲一楼的门，"八点钟，通常不是律师见客时间，但如果是我的话，胡德不会介意的。"门上有个猫眼，一双黑色的大眼睛盯着两个人看了一会儿又消失了，门却没有开。K和叔叔彼此确认了一下，确实看到那双眼睛了。"新来的女仆，害怕陌生人。"K的叔叔说，然后又开始敲门。那双眼睛又出现了，这一次，那双眼睛几乎是带着悲伤，也许是他们头顶上的煤气灯没有灯罩咝咝作响，使他们产生了幻觉。"开门。"K的叔叔说，用拳头砸着门，"我们是胡德律师的朋友！"他们背后有人低声说："胡德律师病了。"狭窄的走廊尽头，一扇门开了，站着一个人，穿着睡衣，声音极低地告诉他们这个消息。长久的等待，K的叔叔已经很生气了，他突然转过来回道："病了？你说他病了？"带着威胁的气势，K的叔叔走向那个先生，好像那个人就是疾病似的。那位先生指着律师的门："现在，他们已经给你们开门了。"他整了整睡衣,又消失了。一个姑娘穿着白色的长围裙站在走廊里,K认得那双有点儿往外凸的黑眼睛,她手里举着蜡烛,姑娘微微行礼,K的叔叔却没有打招呼的意思,只是说:"下次快点儿开门!"

他又对K说:"过来,约瑟夫。"K慢吞吞地向女孩走去。女孩说:"胡德先生身体不舒服。"K的叔叔停也没停,直接冲向其中一道门。女孩转身锁上起居室的门,K依然震惊地看着她。女孩脸圆圆的,苍白的脸颊和下巴圆圆的,连鬓角和发际线都是圆圆的。"约瑟夫!"他叔叔又叫了他一次,接着问那个女孩,"心脏不舒服,是吧?"

"我想是的,先生。"女孩终于有时间拿着蜡烛往前走了,打开去房间的门。房间的一个角落里,蜡烛的光照不到,一个人躺在床上,看着天花板。"莱尼,谁来了?"蜡烛让人眼花,律师认不出客人来。K的叔叔说:"是你的老朋友,阿尔伯特。"

"哦,阿尔伯特啊。"律师倒回枕头上,似乎来客无须他保持形象。K的叔叔坐在床沿上:"真的这么糟糕吗?我可不信,肯定又是你的心脏老毛病,过段时间就好了。"律师静静地说:"可能吧,不过这是最严重的一次,我都快喘不过气了,也睡不着觉,一天比一天虚弱。"K的叔叔伸出大手,把巴拿马帽稳稳当当地搁在膝盖上:"我明白了,确实糟糕。不过,你这么休养合适吗?这儿挺压抑的,又黑,我很久没来了,不过上次好像看着顺眼点儿。连这个年轻的女士看着都没多少活力，除非她是装的。"女佣依然拿着蜡烛，远远地站在门口。虽然 K 的叔叔在谈论她，她却是看 K 的时候更多一点儿。K 推了一把椅子，放在女孩附近，他自己斜靠着那把椅子。律师说："你要是像我一样病得这么重，就需要安静了。我不觉得压抑。"过了一小会儿，他又补充道："莱尼照顾得挺好的，她是个好姑娘。"但这不能说服 K 的叔叔，他显然不同意朋友的看法。尽管他也没再否认，但还是皱着眉烦她，因为她走到床边，把蜡烛放在床边的桌子上，俯身向床，开始清理枕头，这让 K 的叔叔很烦。他几乎都忘了考虑床上病人的感受了，站起身来，在看护身后走来走去。他要是抓住她的裙子，把她从床上拖下来，K 都不会觉得奇怪。K 冷静地看着，发现律师身体不好，他也不失望，叔叔对他的事情如此热心，他能克制住自己不反抗。现在，他什么都不用做，这份热忱就遇到阻碍了，他很高兴。他叔叔可能只是想针对律师的帮手，"这位年轻的女士，你现在能不能让我们单独待一会儿？我有点儿私事想跟我的朋友聊一聊。"胡德先生的看护依然趴在病人床上，捋一捋床边墙上盖着的布。跟 K 的叔叔表现不同，她可没有被气得说不出话，她只是转过头，安静地说："你也看到了，胡德先生病得那么重，他什么事都不能聊。"可能她重复 K 叔叔的话，只是为了方便，但在旁观者看来，有可能是在嘲笑 K 的叔叔。K 的叔叔当然气得跳脚，像是被谁捅了一刀："你这个该死的……"他叔叔太激动了，别人几乎没听懂他在说什么。虽然之前也猜到会有这样的事情发生，K 还是大感震惊。他正要跑到叔叔面前用双手捂住他的嘴，好在此时，病人从床上坐起来。K 的叔叔脸色变了变，像吞了难喝的药水，又温和地说："请你相信，我们还是有理智的。要是我求他办的事他不可能办到，我也不会开口的。现在，请你离开吧。"女孩挺直身子，转过来对着 K 的叔叔。K 想，估计她一只手还在轻轻拍着律师的手。律师恳切地说："我们说话，莱尼可以在场，没关系的。"

"不是我，不是我的秘密。"K 的叔叔转过身，像是不愿再管这事。其实，他是想让律师再想想。律师又躺下，虚弱地问："那是谁？"

"是我侄子，我把他带来了。"K 的叔叔开始介绍：约瑟夫·K，银行主任。病人有了不少生气，朝 K 伸出手："哦，不好意思，刚才没看到你。"他又对女看护说："你走吧，莱尼。"接着，他握住莱尼的手，像在跟她告别，莱尼顺从地走了。K 的叔叔已经冷静下来，又来到床边。律师说："所以，你不是来探病的，是有事。"对律师来说，似乎别人来探病的话，他就觉得浑身无力。不是来探病的，才让他感觉好点儿。虽然很费劲，但他还是支起胳膊坐了起来，把手指伸进胡子里搅弄，人都显得年轻了许多。K 的叔叔说："那个小妖精走了以后，你看着好多了。"他突然停下，小声说："我打赌她在偷听。"他跑到门口看看，什么人都没有，就又走回来，也不觉得很难堪。因为他觉得就算她不偷听，也没有什么好意，只是出于怨恨罢了。"你这么说，对她不公平。"不过律师没再多替她说话，可能他觉得沉默是最好的辩解。接着他特别友善地说："你侄子的案子很难，如果我能胜任，我也觉得很幸运。但我怕我能力不足，不过我会竭尽全力的，如果我自己不行，你也可以再找别人来帮我。说实在的，我对这个案子很感兴趣，我不能错过这次机会。就算我真的做不到，也值得去试一试。"K什么都没听懂，他看着叔叔，希望叔叔能给他解释一下，而叔叔手拿着蜡烛坐在床头柜上，有个药瓶从床头柜滚落到地毯上。律师说什么叔叔都点头，显然完全同意律师的话，有时他还看看K，似乎让K也表示赞同。难道叔叔已经把案子的所有细节都告诉律师了？这不可能啊，K告诉了叔叔以后，就一直和叔叔在一起。于是，K说："我不明白——"律师和K一样，惊讶又困惑："哦，我是不是误解了你的意思？可能是我太急躁了，那你要跟我说什么事呢？我还以为是要说你的案子。"

"就是这件事啊。"K的叔叔又转头问K，"你在担心些什么？"K说："是这件事没错，不过，你怎么会知道我的案子的？"律师笑了："哦，原来你在说这个啊，我是律师，你知道的，经常跟司法界的人打交道，他们讨论案子的时候，最引人注目的案子我肯定能记住。何况，你还是我老朋友的侄子，这没什么奇怪的。"K的叔叔又问了一遍："你到底在担心些什么？太敏感了你。"K说："那么你会经常和司法界的人打交道了？"律师说："是啊，这问题问的，像个孩子。我不和同行来往，那和谁来往呢？"这话合情合理，K竟无言以对。他本来想说："那你肯定也是和司法大楼的那个法院有联系，不是和阁楼上的那个法院有联系。"但他没有说。律师理所当然地解释说："你要知道，你应该知道，跟他们来往才能打通关系，给我的委托人办事。有的关系都不好摆在明面儿上说，当然，我病了，现在的情形有点儿不利，不过没关系，我法院的好朋友经常来看我，我可以从他们那儿了解很多情况，可能比那些不生病的法院工作人员知道的还多。比如，我现在就有个好朋友在。"他朝一个黑暗的角落挥了挥手，"在哪儿？"K大吃一惊，问得很突兀，他狐疑地看着四周，烛光几乎照不到对面墙上。黑暗的角落里，隐约出现一个身影，K的叔叔把蜡烛举过头，K看见一个老先生坐在角落的一个小桌旁边。他坐在那儿，像是大气都没喘过一样，这么久都没被人发现。他赶忙站起来，被人发现了，他显然不高兴。他两手摆动着，像小鸟的翅膀，似乎在拒绝介绍和寒暄。他似乎想让别人知道他不想打扰别人，只希望静静地待在黑暗的角落里，别人当他不存在就好，但现在肯定不行了。"你肯定吓到他们了。"律师朝那人招手，他举止优雅，慢慢地挪过来，犹豫地看着四周。"主任——啊，不好意思，我还没给你们介绍——这是我朋友，阿尔伯特·K。这是他侄子，约瑟夫·K，这是法院办公室主任。我再说一遍，他今天好心来看我，只有在法院混过很多年的人，才知道他对我多好，因为他工作太忙了。虽然这么忙，他还是来了，我们就安静地聊了会儿天。我这么虚弱，只能尽力支撑，我们不希望被人打扰，想两个人待一会儿。虽然我们没告诉莱尼，千万别让任何人进来，但她还是阻止你们了，不过，你们还是进来了。阿尔伯特，你用拳头砸门，主任只好把桌子椅子推到角落里去了。不过现在，如你所愿，我们可以一起讨论讨论，能一起聊聊挺好的。主任……"他侧过头，面露谦卑的微笑，指着床边的一把扶手椅，示意主任坐下。办公室主任舒展地坐在扶手椅上，看了看表，微笑着说："恐怕我只能再待几分钟了，有人打电话找我，工作上的事。但我也不想错过这个机会，认识一下我朋友的朋友。"他微微侧过头，看着 K 的叔叔。能认识这个人，叔叔显得非常高兴，但他不是那种会表达尊重情绪的人，只好尴尬地大笑几声来回应办公室主任的话。多么可怕的景象啊！没人注意到 K，所以 K 可以静静地观察一切。办公室主任主导着谈话，他可能是习惯了，每次别人找他可能都是如此。律师全神贯注地听着，他起初那么虚弱，可能只是为了赶走后面的来访者。K 的叔叔拿着蜡烛，把蜡烛放在大腿上保持平衡，而办公室主任总是紧张地看着蜡烛。K 的叔叔很快就摆脱了尴尬的情绪，很快就被办公室主任的谈吐吸引了。吸引叔叔的不只是他的言谈，还有他那温柔挥手的举止。K 斜靠在床柱上，办公室主任完全无视他，也可能是故意的。在办公室主任眼里，唯一的听众就是那位律师，而且 K 也完全不知道他们在聊什么，他的思绪很快就转移到看护身上去了，K 在想刚才叔叔对她的恶劣态度。又过了不久，K 开始回想他此前有没有见过这个办公室主任，是不是在他第一次审讯时，他就在那些听讯的人当中。他可能记错了，不过他觉得这个办公室主任很有可能当时就坐在第一排，在那些胡子稀稀拉拉的老人中间。

接着传来一阵噪声，走廊里的每个人都听到了，像是瓷器摔碎的声音。"我要去看看发生了什么。"K 慢慢地离开房间，似乎在给他们一个机会来挽留自己。他还没走进门厅，还在黑暗中摸索，手还牢牢地抓着门。这时，另一只小手按在他手上，那手比 K 的手小得多，手的主人轻轻关上了门，是看护等在那儿。她低声对他说："没事，我只是朝墙上扔了个盘子，好让你出来。"K 难为情地说："我也一直在想你。"看护说："那更好了，跟我来。"他们走了几步，来到了一扇雾面的玻璃门前，看护为 K 打开门："进来。"这里显然是律师的办公室，摆着古老沉重的家具，如果有月光的话，应该能看得清清楚楚。不过现在，只能透过三面大窗户投射出三块长方形的小区域。"这边。"看护指了指一个有木质雕花靠背的深色座椅，K 坐下以后，依然在环顾房间四周。房间很大，天花板很高，这位律师是专为穷人打官司的，他的委托人来到这里肯定很有失落感。K 觉得他都能看到那些来访者是如何小心翼翼接近这张桌子的。不过，他很快就把这些抛诸脑后了，只看着坐在自己身边的看护。她离自己很近，几乎是把自己压在靠背上。她说："我觉得只要我先叫你，你会自己来找我的，这很奇怪。一开始，你一进来就盯着我看，后来又让我等，还有，你该叫我莱尼。"她突然迅速补了这一句，似乎此刻的谈话，不该漏掉一个字。K说："我很开心，但这虽然奇怪，莱尼，也容易解释。首先，我得听听那些老家伙在说什么，不能随便离开。而且，我不是个莽撞的人，如果有什么让我觉得害羞的话，那就是你，莱尼。你真的，看上去，也不是那种一扑就倒的女人。"

"不是那样的。"莱尼将一只胳膊搭在椅子扶手上，看着K说，"你之前还没喜欢我，我猜现在也不怎么喜欢。"

"喜欢得没那么强烈。"K含糊其辞地说。"噢！"她微笑着感叹了一声，对K的回答揶揄了一下。K沉默了一会儿，直到现在，他已经逐渐适应了房间里的黑暗，也能分辨出房里的各种摆设和器件。房间门右边挂着的一幅画令他很感兴趣，他身体前倾以便看得更清楚些。画上画了个穿着法官袍子的男人坐在高高的王座上，身后散发着光芒。这幅画奇怪的地方在于法官并不是优雅安静地坐在那儿，而是左胳膊抵在椅背和扶手上，右手则随意地搭在扶手上，似乎随时准备暴怒之下跳起来，发表重要观点，甚至直接给出判决。受审判的人没画出来，应该在楼梯的最低处，高处的楼梯有画出来，铺了黄色的地毯。"那可能是我的法官。"K用一只手指着这幅画说。"我认识他。"莱尼抬头看着这幅画说,"他经常来这,这幅画画的是他年轻的时候,但他真人可不像画里这样,因为他本人比较矮小,可以说是非常矮小了。尽管如此,他还是让画里的自己看起来高大得多,因为他非常虚荣,跟周围所有人一样。但我也虚荣,所以你不喜欢我,我就很难过。"对于她的最后一句话,K的回应是拥抱了她一下,把她拉到自己怀里,她平静地将头枕在他肩膀上。他说:"他是什么级别的法官?"

"他是名预审法官。"她抓过他的手摆弄起来说。"原来只是预审法官。"K失望地说,"高级官员都藏起来了吗?在这幅画里他可是坐在一个王座上。"

"画里都是编的。"莱尼将脸贴着K的手说,"实际上当时他坐在一把厨房的椅子上,屁股下铺着一个旧鞍褥,不过,你要一直想着你的审判吗?"她慢慢加了一句。"不,不是这样。"K说,"我对审判其实是想得太少。"

"你不是错在这儿,"莱尼说,"你的问题是太固执强硬,我听说是这样。"

"谁说的?"K问,他感到她的身体贴上了他的胸膛,他低头看着她那一头浓密微卷的深色头发。"我给你说这个,已经是说得太多了。"莱尼说,"别问名字了,但确实别再犯那样的错误了,别再固执了,在这个法庭上你所做的辩解都是没用的,你只能接受并坦白，所以一有机会你就向他们认罪。只有到那时候他们才会放过你，在这之前都不会。不过，没有外部的帮助，到那时候你也没机会的，但我现在决定要帮助你，所以不用担心没有外部帮助这个问题了。"

"这个法庭你知道的很多，也知道需要哪些手段。"K说，一边将她抬高一点儿，因为她已经贴得他很近，坐到他大腿上了。"这就对了。"她说，一边在他大腿上找个舒服的姿势待着，一边解开自己的裙子和衬衣，接着她双手环抱他的脖子，身体后仰，远远地看着他。"如果我不认罪，你就不能帮我了吗？"K试探性地问她。我在聚集不同的女人来帮助我，他心里想，几乎是愉悦地这么想着，先是布尔斯特纳小姐，接着是法院门卫的老婆，现在是这个看起来不知为何非常渴望的小小看护。她坐在我大腿上的样子，好像她天生就该待在这！"不，"莱尼慢慢摇摇头说，"如果那样的话我就帮不了你，不过你根本不需要我的帮助，这对你来说没有任何意义，你太固执了，不听人劝。"过了一会儿，她问："你有情人吗？"

K说："没有。"她说："不，你肯定有。"K说："好吧，我确实有。想想我身上还带着她的照片，而我却已经背叛了她。"莱尼坚持要看艾尔莎的照片，接着弯腰坐在他大腿上，仔细地研究起这张照片。这张照片不是艾尔莎摆好造型时拍的，而是她在尽情跳舞后拍下的，在酒吧跳舞是她喜欢做的事，她旋转时裙子都飞起来了，她将手放在自己紧致的屁股上，脖子绷直，笑着看向一边，从这张照片上看不出她在朝谁笑。"她衣服勒得很紧。"莱尼说着，指了指她觉得勒紧了的地方，"我不喜欢她，粗野又笨重，但也许在你面前她表现得温柔友善，但从照片里看得到的印象就是我说的那样。高大笨重的女孩常常就只知道温柔友善，但她会愿意为你牺牲吗？"

"不，"K说，"她既不温柔友善，也不会为我牺牲，但我也从不这么要求她，我还没像你这样仔细地看过这张照片。"

"那你不怎么喜欢她。"莱尼说，"原来她不是你的情人。"

"不，她是，"K说，"这件事上我没说错。"

"那她现在可能是你的情人，"莱尼说，"但你并不会想念她，如果你失去了她，可以用她换另一个情人，比如我。"

"这我能想象到。"K笑着说，"但她确实有你没有的优点，她对我的审判一无所知，即使她知道了，她也不会想着这件事，她不会劝我不要固执。"

"那可不是什么优点。"莱尼说，"如果除了这个，她没有别的优点，我就有希望了，她有什么身体上的缺陷吗？"

"身体上的缺陷？"K问。"是的。"莱尼说，"就像我有个身体上的缺陷，很小的一个。看。"她将右手的中指和无名指伸开，两个手指间连接的那块皮肤几乎能碰到小指根。黑暗中，K一开始没看清她要给他看什么，后来她拿着他的手，摸摸自己的右手，让他感受那块皮肤。"大自然的奇作。"K说，但等他看完她的整个右手后又说，"一双多漂亮的手！"莱尼骄傲地看着K不停伸开又合上她的两根手指，直到最后他直接吻了吻她的手指，然后松开了她的手。"噢！"她立刻感叹了一声，"你吻了我！"她马上张着嘴巴跪着爬上K的大腿，他抬头看着她，几乎受到了惊吓，当她离得很近时，他感到了一股苦涩恼人的气息，就像胡椒一样。她抓着他的头，探身抱住他，对着他的脖子又亲又咬，甚至还咬到了他的头发。"我取代了她！"她不时喊出这句话，"看看，现在我已取代了她在你心里的位置！"忽然，她的膝盖滑下去了，她轻呼一声快掉到地毯上了，K试着用胳膊抱住她，结果一起被她拽到地上。"现在你是我的了。"她说。当他离开时，她最后说的话是，"这是这扇门的钥匙，你什么时候想来就什么时候来"，她还一定要在他后背上留下一个吻。当他走出前门时，外面下着小雨，他想到街中间看看能否看到窗边的莱尼。K的叔叔忽然从一辆汽车里跳出来，K当时在想着别的事，根本没看到一直等在这栋建筑外的叔叔。叔叔双手抓住K，将他推到门边，好像要把他绑在那似的。"年轻人，"他大吼起来，"你怎么能这么办事？你的事情本来进展得很顺利，现在都被你毁了。你被一个肮脏的小东西拉跑了，而且她明显是律师的情人，还一跑就是几个小时。你甚至都不找个借口，别想隐瞒，你做得太明显了，你跟着她跑了然后待在这。同时，我们还坐在那儿，为了你的事这么努力的我、要为你打赢官司的律师，最重要的还有办公室主任，他可是在目前这个阶段直接管着你案子的人，我们想讨论下怎么能最好地帮到你。我要小心地和这个律师打交道，他要小心地和办公室主任打交道，你怎么也应该给我一些支持。正相反，你直接跑了。最后我们也没法一直装下去了，但他们都是礼貌且很有能力的人，关于你跑了这件事，他们很照顾我的感受，什么都没说，但最终他们也没法继续讨论这个案子而沉默起来。我们坐了一会儿，想等等看你会不会回来，但一切都是白费力气，最后办公室主任站起来（他已经待得比原计划时间久得多）跟我们告别，他同情地看了看我，他知道他帮不上我的忙了，在门口那里他又等了很久，虽然我不明白他人怎么这么好，然后他走了。他走了，我当然松了一口气，我之前可是一直连大气都不敢喘。这些事对卧病在床的律师影响更大，我向他告别时，这个好人几乎都说不出话了。如果他不行了，你可是也在其中加了把劲，而这个你本应依赖的人，却被你害得离死亡又近了一步。至于你叔叔我，被你扔在雨里——想想吧，我现在全身都被淋湿了——在这里等了几个小时，又担心又难受。"

第七章

寻求帮助

冬日的上午，雾腾腾的阴暗雪天，K 坐在办公室里。时间还早，K 却已经筋疲力尽。为了在下属面前保住尊严，他借口要忙一件重要的事情，然后就告诉自己的办事员别让任何人进来。不过他也没工作，他在椅子上扭动了几下，然后懒洋洋地整理了一下散落在办公桌上的东西，随即自然地伸出手放在办公桌上，一动不动地低头坐着。他一直在想自己的案子，K 常想，可能写个辩护书交上能好一点儿。他可以在辩护书里，简单介绍一下自己的经历，在重要的经历上附上几句解释，说明当时为什么那么做，现在有没有后悔，理由是什么。律师的口头辩护也不是没有缺点的，相比之下，这种书面的辩护书反而更有优势。K 不知道律师在这个案子上是怎么帮忙的，反正没看到多少效果。一个多月前，霍尔德派人来找过他，他和律师聊过几次，觉得律师也帮不上多大忙。应该问的问题很多，但律师几乎没问过他什么问题。问问题是最重要的，K 觉得，需要问什么问题连他自己都知道，律师却什么都不问，一直在那自顾自地说，或是静静地在对面坐着，身体微微朝桌面前倾（可能因为他听不清）。他捋着胡子看着地板，或许在看 K 和莱尼躺过的每一寸地方。有时他会给 K 一些模糊的警告，大人给孩子的那种警告。他讲的东西没有意义且无聊，因此 K 决定账单寄来的时候一个子儿都不给。一旦律师觉得他充分羞辱了 K，通常就会再说点儿别的，重新提起 K 的精神。他会说他已经赢过很多官司了，有些是全胜，有些是部分胜利，但那些案子都不如这个案子困难。但是，有些案子看上去比这个案子更加希望渺茫，抽屉里有这些案子的卷宗。说到这儿，他会用手指一指办公桌上的那些抽屉，但抱歉不能给 K 看，因为这些都是官方机密。

不管怎样，他在这些案子里积累的经验肯定能帮到 K。当然，他已经立刻开始工作了，马上就要提交开始那些文件了。开始的文件很重要，因为对辩护律师的第一印象通常决定了整个诉讼程序。不过，不幸的是，他还是得跟 K 说清楚，有时这些文件法院不一定会看，它们只会跟其他文件放在一起到时候再说，对被告的提问和观察要比那些书面文件重要得多。如果申请人坚持的话，他们还会说，在判决之前，出于尊重，所有的材料都必须放在一起。所有材料都齐全的时候，第一批文件他们肯定就会看到。不过不幸的是，通常也不是这样，第一批提交的文件经常放错地方或者干脆弄丢了，就算真能留到最后，也几乎没人看，虽然这只是我们律师听到的传言。这都非常遗憾但也能理解，不过 K 不该忘记，审讯不是公开的，如果法院觉得有必要，会公开审理，但是法律没规定所有案子都要公开审理。所以结果就是，被告和辩护律师看不到法庭的记录，也看不到诉状，也就是说，我们通常不知道，起码无法确切知道，第一批文件是干什么用的。也就是说，如果走运的话，还是能对案子有点儿帮助的。审理被告时，如果对其的指控和相关理由都很明显了，才有可能开始提交推进案子流程的文件，提交证据什么的，在那之前是不能提交的。当然，这种情况就把律师置于一种非常困难的处境中，而且他们是故意的。事实上，法律是不鼓励辩护律师存在的，只是容忍他们的存在而已。甚至有些争论，到底法律的哪些条款暗示说辩护律师可以存在了？所以严格来说，律师是不被法院承认的，到法院当律师的人，基本上都是小律师。当然，这么做会有碍程序的尊严。下次 K 去法院办公室的时候，估计会想看看律师的房间，他应该看看。看到一群人挤在那儿，K 肯定会相当震惊，分给律师的房间又矮又窄，这足以看出，法院对这些人是多么轻视了。屋里唯一的光线是透过一扇小窗户射进来的，窗户很高，如果你想往外看，那就得爬到同事背上去。对面就是烟囱里冒出来的烟，直接进到你鼻子里熏黑你的脸。再举个环境的例子，房间的地板上有个洞，这个洞存在得有一年多的时间了。

洞倒不大，人不至于掉进去，但一只脚会陷进去。律师的房间在阁楼的二层，你要是一脚踩进去，你的脚就会挂在一层的天花板上，下面就是正在等待的当事人。律师们说起那个环境有多糟糕的时候，一点儿都不夸张，跟管理部门抱怨也什么效果都没有，还禁止律师自己掏钱改变房间里的任何东西。不过这样对待律师是有原因的，法院不喜欢辩护律师，他们希望所有的事情都由被告自己来完成。本来这想法也不错，但如果觉得法院里的律师对被告没有用，那这种想法就大错特错了。相反，法院是最需要律师的地方，因为通常诉讼程序都是对公众保密的，不仅对公众保密，对被告也是保密的。当然，是在能保密的情况下保密，但是通常都是能保密的。被告也看不到法院的记录，所以很难通过法庭上的问题去推断记录上写了什么，尤其是当被告处于困难的境地或忧虑缠身时，这时候就需要辩护律师了。审理被告时，通常辩护律师不能在场，如果可以待在会客室，律师就能从被告那里得知一切，然后再帮被告抽丝剥茧，找出有用的东西，虽然有时候被告说得糊里糊涂的。不过这不是最重要的，因为靠这种方法能得到的东西其实不多。尽管如此，有能力的律师还是能比其他人多了解一些。其实最重要的是律师的人脉，这才是请律师的真正价值。现在从他的个人经验中，K几乎也明白了，哪怕是底层的架构，法院这个组织也不是无懈可击的。法院对公众是不开放的，但那些忘记自己职责的人，或是那些收了贿赂的人，总会或多或少地透露一些东西，大多数律师都会从这方面入手，给他们点儿钱拿到消息。曾经有过的事情，起码早些时候有过，有时候文件都被偷走了。不可否认，这样做短期内会有一些惊人的好效果，这些小律师，也可以用这些成果来吸引更多的当事人。但长期来看并没有什么好处，唯一真正有价值的是跟那些高级官员私交甚笃，哪怕是级别低一些的高级官员，只有他们能影响案子的进程。一开始不明显，但慢慢就越来越明显了。当然，能做到这一点的律师不多。能和胡德博士联系密切的律师，可能只有一两个，他们不用待在律师的房间里，这也就意味着，他们和法院的官员很少接触。胡德博士没必要出庭，他只要等着预审法官们去前厅见他就可以了。他想要知道什么，就能得到最真实的信息，完全不用去看那些法官的脸色。K能看到，那些法院的官员，甚至有一些高级官员，没叫他们来，他们自己就来了。他们都乐意公开分享信息，或者至少说些容易理解的信息，他们会讨论案子的后面阶段。其实有些案子，他们是能争取过来的，也很愿意接受其他人的观点。不过，你可别太相信他们，不管他们在辩护律师面前表现得有多愿意接受新观点，也有可能在回到办公室后就给法院写个报告陈述完全相反的观点，可能会比之前的观点对被告更不利。之前的观点，就是你以为自己说服了他们之前他们的观点。当然，遇到这样的事也没办法。私下说的话，毕竟是私下的，不能公开讲，辩护律师要迎合这些人的口味也不是件容易的事。另一方面，这些官员也不会真的跟辩护律师有太多来往，这是出于专业的角度，他们的来往只是出于善意或者友情。这就是法院结构的弱点，一开始就规定所有的程序不公开。通常不大不小的案件，官员会跟公众接触，他们也做好这种准备了，但这不是那样的案子。普通案件都是自己审理，可能偶尔需要一些助力，但当他们遇到特别难的案子时，他们就会很失落，这样的案子他们得搭上所有的时间夜以继日地研究法律。这样的话，他们对人脉的把握就不准确了。对于这种类型的案子而言，这就是一个重要缺陷。这时，他们就会寻求律师的建议。他们会带个助手来，助手站在他们身后，拿着那些机密文件。你会发现，很多你想不到会出现在这里的人在这扇窗前坐过。他们从窗子往外看，绝望地看着下面的大街。同时，律师在桌前研究那些文件，好给他们一些好的建议。有时也能看到那些人对待工作多么认真，他们面对困难多么困惑。而那些困难他们根本是无法克服的，但他们也不容易。要是你觉得他们生活得很轻松，那就对他们不公平了。法院的阶层很复杂，即使是老油条也不见得每次都能说准到底会发生些什么。但即使是对于最初级的官员来说，法院的诉讼程序通常也是保密的，他们也很难知道自己的工作进行到哪一步了。他们接手的工作，他们自己都不知道之前的流程，也不知道以后的流程会怎样。所以这样的官员不知道个人案件有哪些流程，流程的顺序怎样，什么时候会终审，也不知道断案的理由是什么。法律只会把案子的一部分派给他们处理，他们通常也不知道案子的最终结局。这些法官完成自己那部分工作就什么都不知道了，还不如辩护律师，辩护律师通常会陪被告一直到快结案，所以，这些法官可以从辩护律师那里学到很多有用的东西。为什么法官通常对当事人都不太友好？听完律师的解释，K就不会那么吃惊了吧？所有的法官都很烦，即使他们表现得很冷静。当然，这给小律师造成了很多麻烦。比如，据说有个真事，是这样的：有个上了年纪的法官，是个平和的好人，正在法院处理一件难办的案子。在那些律师的介入下，案子变得更加扑朔迷离。为了研究这个案子，他已经一天一夜没有休息了——这些法官其实都很勤奋，没人比他们更勤奋。快到早晨的时候，他已经连续工作二十四个小时了，几乎还没有什么结果。他就走到前门埋伏起来，看到有律师要进楼，他就冲出来把他推下楼梯。律师们在楼梯前聚集，讨论了一下该怎么办，一方面，他们确实无权进入大楼，所以他们没办法向官方求助。如我所说，他们得特别小心，免得得罪法院的人。另一方面，不在法院待着，哪怕只有一天，对他们来说也是损失。所以，得想办法进去，这对他们来说很重要。最后，他们达成一致，决定把老人累趴下。他们一个接一个地冲上楼梯，再让法官把他们推下来，尽自己所能地反抗一下，尽管是消极的反抗，同伴们会在楼梯口接住他。工作了一整夜，老人本来就很累了，又过了约一个小时，老人实在受不了了，就回了办公室。那些在楼梯口等着的律师，起初都不敢相信，他们就派人去门后边看看，是不是真的没有人了。确定没有人了，他们才敢又聚在一起，可能连抱怨都不敢抱怨，因为律师无权提什么意见要求改善法院体系，他们也不想提什么意见。即使是最低等的律师，或多或少也明白这种关系。但有一点很重要，就是几乎每一个辩护律师，即使是头脑最简单的人，一旦进入诉讼程序，就开始想提建议改善一下法院的情况。许多律师通常还要花很多时间和精力去思考这件事，原本他们可以把这些时间和精力放在别的事情上的，他们唯一该做的是学会如何应对法院的情况。就算这些律师真能改变什么——其实人们都觉得没什么意义——即使照最乐观的情况说，也会给他们的案子带来无法估量的损失。他们会成功吸引法官们的注意，以后，只要是跟他们有关的案子，法官都会伺机报复。千万别引起法官的注意！不管这有多违背你的个性，要冷静！好好看看法院组织的规模。从某种程度上来说，这个组织都是摇摇欲坠的。即使你就改变这么一小块地方，你就可能连立足之地都没有了，你会摔下去。所以，像法院这么大的组织，如果哪部分受到了干扰，它很容易就能找到一个替代品，各部分盘根错节会一直这样下去，这是很有可能的。这个系统只会越来越封闭、越来越集权、越来越严苛、越来越坏。所以最好把工作交给律师，而不是一直干扰他们。起诉没多少好处，尤其是在你搞不清楚案子缘由和意义的时候。这里必须

134

要说的事，是K针对办公室主任的行为对自己的案子非常不利。他是个很有影响力的人，本来能帮上K的忙，但现在，他肯定不会再帮K了。就算有人提这个案子，哪怕只是顺嘴说了一句，显然，办公室主任都会装作没听见。这些官员，很多方面都像个孩子。通常来说，有些根本无害的事情可能都会让他们觉得自己受到了侵犯，哪怕是好朋友，他们也不会讲话了。他们看见对方就会走开，尽一切所能地跟对方对着干。何况，K的行为根本称不上是无害。但是过后，令人非常吃惊的是，如果没有什么特殊的原因，哪怕对方觉得没有希望了，就开个小玩笑，这些官员也会哈哈大笑，一笑释然。那时，同样也让你手足无措，什么理由都没有，他们又原谅你了。有时你也会感到震惊，一个普通人要处理这么多事情，怎么还能在工作中取得成功的。另一方面，也有一些黑暗的时刻，每个人都有这样的时刻。有时候，你觉得自己一事无成；有时候，你觉得案子一开始就决定输赢了，那些结果好的案子，都是一开始就很顺利，就算没人帮忙也能赢；有时候，你觉得不管周围的人怎么奋斗，怎么努力，有一点点成就都很高兴，但他们都还是失败了，那时你会怀疑一切。如果有人问你，为什么一个案子本来好好的，你一介入就变差了，你连否认都不敢否认。就算那样也是一种自信，但那是仅存的自信了。如果一个案子，本来处理得好好的，忽然就失控了，哪怕是一点点这种类型的打击，也会让律师感到特别沮丧，何况通常还不是一点点打击。对律师来说，可能没什么比这更糟糕的了，而不是被告中途解雇律师，通常这种情况很少发生。一旦被告选定了某个律师，无论发生什么，他都得跟这个律师捆绑在一起。一旦接受了律师的帮助，就停不了了。没有了律师，他如何独自面对案子呢？这种情况不会发生的。有时会出现一种情况，就是案件程序有要求，律师不能继续再跟这个案子了。律师不能再跟着当事人了，也不能再跟案子了，就算跟法官们交情再好也没用，因为法官们也不知道发生了什么。此时，案子就会进入这样一个阶段，不许被告人接受任何援助。审理案子的时候，任何人都不能在场，律师甚至不能和当事人联系。有一天你回到家，会发现所有辛苦提交的文件都被退回来了，就放在你桌子上，那都是你寄予了全部希望的文件，这些文件不能进入下一阶段的审判，就是一堆废纸了。不过，那也不意味着案子就已经输了，起码还没有出结果，那只是说明从此以后你对案子就一无所知了，也不会有人告诉你案子现在怎么样了。不过，很高兴地告诉你，这样的案子都是例外。就算 K 的案子真的是这种类型的，离那一步也还远着呢。目前律师还是可以做很多事情的，而且可以向 K 保证，律师要做的这些事都是对 K 有用的。他已经说过了，现在提交文件还早，不着急。现在更重要的是找到对的法官开始讨论案子，眼下，这比提交文件重要多了，而律师已经在这么做了。必须要说的是，不管能取得什么样的进展，在此之前，最好别放过任何细节，不然的话，K 只会受到不好的影响，可能他会过于乐观，或者过于焦虑。有些人说得好听，显得很愿意帮忙，也有些人说得不好听，但也没拒绝帮忙。所以总的来说，所有结果都是振奋人心的，只是你不能得出什么具体的结论，因为所有初始的诉讼程序都是一样的，只有看他们后来是如何发展的，才能看出前期那些诉讼程序有多大价值。不管怎样，也没什么损失。如果我们能把办公室主任争取过来，这个工作我现在已经在做了——用外科医生的话来说，伤口就清理干净了。我们就可以放松等待结果了。

律师说这些的时候也不觉疲倦，每次 K 去看他，他都要跟 K 念叨一遍。每次都有一些进展，但他一直不告诉 K 到底是什么样的进展。第一批要交的文件正在写，还没写好。下一次 K 去的时候，律师会告诉他，幸亏上次没准备好，要是上次交了会有什么不好的后果。但是当时可不知道，要是交了，会有这么不好的结果。K 已经对这种话麻木了，他要是说，虽然困难很多，但这案子进度也太慢了，律师就会反对。律师会说，案子的进度一点儿都不慢，要是 K 能早点儿来找他，可能案子的进展就会快得多。但是 K 找他找得太晚了，时间上耽误了就带来更多的困难，而且耽误的也不仅仅是时间。K 找律师的时候，不喜欢被人打扰，除非是莱尼来给律师送茶。那时，她会站在 K 身后——律师急着喝茶的时候，会自己倒茶喝——这时，她会假装自己在看律师，暗地里让K拉着她的手。通常是一片静默，律师喝茶，K抓着莱尼的手，莱尼有时还敢轻轻抚弄一下K的头发。律师喝完茶了，会问："你还在这儿呢？"莱尼会说："我等着收盘子。"此时，莱尼和K会最后握一下对方的手，律师就会擦擦嘴，又开始有精神给K讲那些事了。

律师是想安慰K呢，还是想把他弄糊涂呢？K说不准，但对他来说，有一点似乎是清楚的，K似乎找错律师了。可能律师说的都对，虽然他明显是为了抬高自己，也许他从来没接过K这么重要的案子，但他老是提到自己和法院那些官员的交情，这还是很可疑。他经营这些关系只是为了K的利益吗？律师总是提到他们只和低级官员有交情，这也就意味着那些官员也要靠别人，每个案子的结果对他们的前途都很重要，那是不是说他们会牺牲律师的利益，利用律师来达到自己的目的？当然，这不是说每个案子他们都会这么做，那不可能。可能也有些案子里，他们会给律师点儿好处，给律师点儿空间，才能让案子朝自己希望的方向走，保住自己的名声对自己才是有利的。若他们的关系果真如此，就像律师解释的那样，K的案子会怎么走就很难说了。这样的话，从第一次审判起，能不能吸引法院的注意力就很重要了。他们要怎么做也就没有疑义了，最初的迹象已经显现出来了。案子都持续了好几个月了，第一批文件还没有提交，按照律师的说法，一切还处于起始阶段，这就能成功地让当事人陷入被动和无助。

K应该自己努力。在这样的周日早晨，他感到非常疲倦，每件事都让他昏昏欲睡，他似乎无力反抗。他不再像从前那样觉得案子羞辱了他，如果这个世界上只有他一个人，他很容易就会把案子忘了。当然，如果真的只有他一个人，这案子也不会发生。但现在他叔叔把他拖到律师这里来，他就得为家人考虑，他的工作也牵扯进来了，他自己倒没这么冒失，跟认识的人提过这个案子，但他们似乎都不知从什么地方知道了。因为这个案子，他和布尔斯特纳小姐的关系似乎也陷入了困境。简单地说，要不要接受这个案子他别无选择，他已经参与进来了，他必须保护自己，如果他累了，那就糟糕了。

但是，现在也没必要太过忧虑。短时间内他还是能在银行上班，还能身居高位，还能得到每个人的尊重。现在他只要拿出点儿聪明才智来处理这个案子就行了，毫无疑问，官司肯定得打赢。如果要打赢这场官司，最重要的是在判决之前，K必须否认所有称自己有罪的说法。K是无罪的，这案子不过是一桩生意，像K为银行做的许多生意一样，其中潜伏着许多风险，这很正常，K需要防范其中的风险。要打赢这场官司，K就不能怀着自己有罪的想法，无论他做过什么，都要尽可能地为自己争取权益。从这方面看K别无选择，必须尽快离开律师，起码那个晚上他应该离开。律师跟他说过，K的案子他从未听说过，K可不能允许自己的努力被人阻碍。就他的案子来说，这些阻碍可能是律师造成的，一旦他摆脱了律师，就需要立刻提交文件了，他就有可能每天都看到案子的进展了。这当然还不够，如果这样就可以的话，那 K 像别人一样，每天坐在走廊里，把帽子搁在长凳下面就行了。一天一天过去，K 自己或者哪个女人或者其他哪个站在他这边的人总得追着法官们跑，强迫他们坐在办公桌前研究 K 的文件，而不是从栅栏里往走廊外面看。要坚持不懈地努力，每件事都要有组织有监管地进行，银行终于碰到一个知道怎样维护自身权益的当事人了。

K 虽有信心这么做，却不会写文件。大概一周前，K 一想到自己要写这些文件还觉得丢人，他没想到写这些文件这么困难。他记得有天早上工作堆成山，他忽然把所有东西都推到一边，拿起一沓纸打算写写思路，就是这类文件该怎么写的思路，或许他应该把这些东西拿给那个蠢笨的律师看看。正在这时，经理办公室的门开了，副主任大笑着进来了。K 很尴尬，虽然副主任肯定不是在嘲笑 K 的文件，因为他对此一无所知。他只是刚听到一个股票交易的笑话，要给别人讲明白这个笑话是需要一番描述的。现在，副主任俯身向着 K 的桌子，手里拿着铅笔在那沓纸上描画起来，本来 K 要在那沓纸上写自己的案子观点的。

现在，K 再也不觉得丢人了，得赶紧准备好那些文件然后把它们提交上去。如果在办公室里没时间弄，那就得晚上在家熬夜弄了，很有可能会这样。要是连熬夜时间都不够，那他就得请一天假了。不能半途而废，这句话不只适用于公事，哪里都适用。不用说，这些文件就意味着无休止的工作，很容易就能得出这个结论。不只是那些性情焦虑的人如此，所有人都一样，这工作都不太可能完成。律师拖着不写是因为懒或者是在欺骗当事人，当事人不写可不是这样的原因，而是因为他不知道罪名是什么，而且可能会造成什么样的后果。因此他必须努力回忆此生任何细小的行为或事件，从各个角度分析它们，再重新思考一遍。这是个劳神的工作，等他退休了，年纪大了，倒是可以考虑这么做好打发时间。但是现在，K还需要考虑自己的工作呢，他的事业正在上升期，已经对副主任构成威胁了。每个小时都过得飞快，他想像个年轻人那样享受一下短暂的夜晚。但此刻，他不得不开始写文件了，他又一次感到痛恨。仿佛是为了终结这一切，K的手指按到了前厅的电铃上，他抬头扫了一眼表，十一点了。他已经回忆了两个小时了，这时间过得比以前还无聊，但不管怎样，时间都没有浪费，他终于得出一些有价值的结论了。除了各种邮件，助理还拿来两张访问函，客人已经等了K一段时间了。他们其实是银行很重要的客人，不管在任何情况下都不该让他们等的。他们为什么在这个尴尬的时间来？客人们所在的房间门关着，他们问K这么勤奋为什么还拿最好的工作时间来处理自己的私人事务？K对过去感到疲惫，也懒得去预料未来会怎样，他站起来欢迎第一个客人。

　　这是个矮小的男人，性格开朗，是个厂商，K跟他很熟。他说，打扰了K的重要工作，他很抱歉。K也道了歉，不该让他等那么久。不过这个道歉也是非常机械化的，太假了，要不是厂商一门心思在生意上，估计他都看得出来。他赶紧从口袋里掏出估算的表格放在K面前，解释了其中几项。他提醒K，一年前跟K结算的一单类似的小业务，说另有一家银行在努力地争取他。后来他就不说话了，他在等K对这件事的反应。一开始，K的确听得很认真，他也意识到这个业务很重要。不幸的是，过了没多久他就听不下去了，厂商说点儿什么他就点点头，最后他连头都不点了，只是盯着厂商的秃脑袋看。厂商弯下身子看着文件在解释，K问自己，厂商什么时候能发现他讲的东西完全是白讲了。厂商终于开始不说话了，起初K觉得他终于有机会告诉对方自己现在什么都听不进去了，但他发现厂商显然在等K提出反对意见好予以回击。他遗憾地发现这场讨论还得继续，所以他低下头，仿佛得到什么命令一般开始慢慢在纸上移动铅笔，时不时停下来盯着某个数字。厂商觉得K肯定会提出反对意见，可能他的数据不是很过硬，可能它们不是决定性的东西。不管怎样，厂商用手捂住这些纸，又开始靠近K解释这单业务了。K噘起嘴唇："太难了。"他看不懂，唯一能借助的就是那些文件，厂商还把它们捂住了，所以他只好重重倒在椅子背上。经理办公室的门开了，好像能看到副主任在外面偷看，K也只是困倦地抬头看了一眼。K不再思考这个业务了，他只是想看看副主任突然出现会发生些什么，此刻他其实是欢迎副主任出现的。厂商立刻从座位上跳起来，快速跑上前跟副主任见面。不过，K希望厂商能再加十倍的热情，因为K害怕副主任又会突然消失了。他不用担忧，这两个人见面握手一起走到K的办公桌前。厂商指着K说，他很遗憾，觉得主任主管对这个业务不怎么上心，副主任却觉得K都快趴到那些文件上了。这两个人俯身看着K，厂商开始想办法吸引副主任的注意力，K觉得他们似乎比平常高大了些，似乎在谈论自己。K谨慎地慢慢抬眼，想知道他们在干什么，他从桌上那沓文件里随便拿了一张平放在手掌上，稍微抬起身子到他们俩的高度，又慢慢举起那张纸。这么做的时候，其实他也没什么特定的计划。K只是觉得，准备这些文件对他来说是一种压力，这样就能把压力都消除了。副主任一直把注意力放在对话上，就瞥了那张纸一眼，也没看上面写了什么，因为对主任主管重要的东西对他来说可不重要。他接过那张纸："谢谢，一切我都了解了。"然后冷静地把纸又放回了桌子上，K带着恨意斜扫了他一眼，不过副主任完全没注意到，他要是注意到了，肯定会精神振奋。在此期间，副主任常常大笑，刚刚他机智地提了个反对意见，显然让厂商很尴尬。接着，他又收回了自己的意见，让厂商不再尴尬了。最后，他邀请厂商去他办公室，这样他们就能把问题最终解决了。厂商说："这件事很重要。"

"我完全理解，而且我相信，主管肯定……"副主任这么说的时候，其实只是在跟厂商一个人说话，"很乐意我接手这单业务。这单业务需要冷静地考虑一下，不过他今天似乎压力太大了，屋外面还有人等他，他们都等了很久了。"K控制住自己，不要搭理副主任，只对厂商摆出友好僵硬的微笑。他像个主管一样把两手放在桌子上看着这两个人，他们一边说话，一边把文件从他的桌子上收走，离开了经理办公室。

最后就剩K一个人了，他不想再叫人进来，只是模糊地体会到这种感觉真好。外面的人都认为他还在跟那个厂商交流，因此不让其他人进来，连助手都不能进来。K走到窗前，坐在飘窗的窗台上，紧紧握着窗把手，看着外面的操场。雪还在下，天还没有完全放晴。

他就这样坐了很长时间，他自己也不知道究竟是什么让他这么焦虑。他只是偶尔透过门往外看看，误以为自己听到了一些噪声而感到有点儿震惊。没人进来，他觉得放松多了。K走到洗手盆前，用冷水冲了把脸，头脑清醒一些了，又回到窗台上坐下了。他当初决定自己辩护的时候，似乎没想到压力会这么大。他把案子丢给律师的时候几乎没什么效果，他只能远远地看着，不能直接接触这个案子，时机允许的时候他就能看到事情的进展了。不过，如果他愿意，也可以随时抽身出去。现在，相反，如果他要自己辩护，就得全身心地投入——至少目前是这样——如果赢了，以后他就完全自由了。不过，如果要赢，他就会遇到更多危险。若此前他还对这点有所怀疑，那今天副主任和厂商的事就完全打消了他的疑虑。他怎能就这么坐着就决定要自己辩护了呢？晚点儿再说行吗？这段日子他的生活会怎样呢？他能找到办法让案子有个好的结局吗？勤奋努力的也好，其他类型的也好，辩护人真的有用吗？要做个勤奋努力的辩护人是否意味着他就要尽可能地把自己全封闭起来呢？他能搞定这一切吗？在银行上班怎么能做到这些呢？这可不是请几天假就能解决的。而且这时请假是很鲁莽的，谁也不知道官司会打到什么时候，K的生活一下子陷入了巨大的困境！

　　不为什么特别的理由，只是现在不想再待在办公桌旁，他打开了窗户。窗户有点儿难开，他双手转动把手才把窗户打开，接着雾和烟的混合气体沿着大开的窗户跑进了他的房间，房间里有了一点儿烧东西的味道，一些雪花也被吹了进来。"真是个糟糕的秋天。"厂商说，他见完副主任后就神不知鬼不觉地进了房间，站在K身后。K点了点头，不自在地看着厂商的公文包，厂商可能会从这里拿出文件通知K他与副主任谈判的结果。但厂商看出K在看什么后，敲了敲他的公文包并没有打开，说："你肯定想知道事情怎么样了，我几乎已经把合同拿到手了，他是个有魅力的人，你的副主任——但他也有他的危机。"他同K握手时笑了笑并想让 K 同他一起笑笑。但 K 觉得厂商看起来像是不想给他看那些文件，也没觉得厂商的话有什么好笑的。"主管。"厂商说，"我觉得你的心情受到天气影响了吧？今天你看起来有些忧虑。"

"是的。"K 抬起手按了按太阳穴，"头痛，家里的烦心事。"

"是啊。"厂商说，他总是匆匆忙忙，从不肯听别人多说一会儿话，"每个人都要承担自己的烦心事。"K 还没意识到自己已经朝门边走了几步，似乎要送厂商出门，但厂商说："主管，还有些事我想和你说，如果在今天这个日子里这会给你造成负担，我十分抱歉，但这么久以来我最近才见过你两次，两次我都忘了说这件事。如果我再耽误下去，可能就没有说的价值了，那将会很可惜，因为我觉得我要说的话还是很有价值的。"K 还没来得及回答，厂商已经走近他，手关节轻轻抵着他的胸膛小声说："你最近有个官司，是吧？"K 后退两步，立刻大声说："是副主任告诉你的吧！"

"不，不。"厂商说，"副主任怎么会知道呢？"

"那你是怎么知道的？"K 情绪平复下来问。"我经常能听到法庭的那些事，"厂商说，"还包括我要告诉你的事。"

"好多人都在法院有关系！"K 低下头说，带厂商到他办公桌旁。他们在之前的地方坐下，厂商说："恐怕我要告诉你的，并没有很多消息。只是这个，在这样的事情中，最好不要忽略即使是最微小的细节。此外，我真的很想能帮得上你，不管这个帮助是多么微不足道。在此之前我们是很好的生意伙伴，对吧？就这些。"K想为当天早些时候他在谈话时的表现道歉，但厂商说话不容别人打断，他将公文包高高夹在腋下，表示自己很忙并继续说："我是从一个叫蒂托雷利的人那里知道你的案子的，他是个画家，蒂托雷利是他的艺名，我甚至不知道他的真名是什么。他不时会来办公室拜访我，已经很多年了，他会带来一些他的小作品，我会多多少少买下一些，当作做慈善，因为他比乞丐也好不了多少。此外那些画也算漂亮，荒野风光那类型的。我们两个都习惯了这样打交道，一直都很顺利。只是有一段时间，他来访得太过频繁，我开始不像之前那么配合，然后我们就开始谈话，我对于他如何靠作画养活自己很感兴趣，之后我惊讶地发现，原来他的主要收入来源是画人物肖像。'我为法院工作。'他说。'什么法院？'我问。然后他告诉了我关于法院的事，我想你一定能想象得到听到这些我有多惊讶。从那以后，每次他来，我都能了解到一些关于法院的新鲜事，我开始逐渐明白法院是如何运作的。蒂托雷利说了很多，但我经常还要赶他走，因为像我这样的生意人为自己生意上的压力都快崩溃了，没空去管别人的事。但这些都是顺手的事，也许——这是我一直在想的——也许蒂托雷利可以帮你一些小忙。他认识很多法官，即使他本身没什么影响力，但他也可以给你一些建议，如何找一些有影响力的人帮助你。即使这个建议最后的结果不会改变什么，但我还是认为给你

147

提这个建议很重要。你自己都几乎是个律师了，就像我平时说的，主管 K 先生几乎是个律师，我相信你的案子最终会有个好结果。你想去见见这个蒂托雷利吗？如果我开口的话，他会尽他所能效劳。我真的觉得你应该去，当然，不一定是今天，只是找个时间，等你有时间的时候。无论如何——我也想告诉你这个——你不一定非要去见蒂托雷利，不要觉得我建议了，你就有义务去找他。不，如果你觉得不通过蒂托雷利你也能渡过难关，那当然更好，正好不让他掺和进来。可能对于要做什么你已经有了清楚的计划，蒂托雷利可能会干扰你的计划，如果是这样的话，你无论如何都别找他！当然，要听从一个像他这样的小子的建议不是件容易的事，但这都由你决定，这是一封介绍信和他的地址。"

K 失望地收下那封信装进了口袋，即使是在最好的情况下，从这次推荐中他能得到的好处也远不能和这些所造成的破坏相比：厂商知道了他的审判，画家会四处散播这个消息，他能给予厂商的只是对厂商说上几句感谢的话。"我会去的。"他将厂商送到门边时说，"或者，因为我现在很忙，我会给他写信，也许他会愿意找个时间到我的办公室来。"

"我相信你肯定能找到最好的解决办法。"厂商说，"其实我本来觉得你可能不愿邀请像蒂托雷利这样的人到银行来，或在这讨论审判的事。但寄信给蒂托雷利这样的人不一定是个好主意，你不知道他们会做出什么事。但你一定要认真思考，分清哪些能做、哪些不能做。"K点了点头，一直送厂商到接待室，虽然表面上看起来他很平静，实际上他已经大受刺激。他告诉厂商会写信给蒂托雷利，只是为了表示他重视他的推荐，并会考虑立刻找机会同蒂托雷利聊聊，但如果他觉得蒂托雷利能提供任何有价值的帮助，他一定不会有任何耽误。只是厂商的话让K意识到自己差点儿就可能陷入怎样的危险，他真能依赖自己的那一点点认知吗？如果这行得通的话，他会邀请一个问题人物带着一封清晰无比的信到银行并向他请教自己审判的建议吗？副主任可就在一门之外，有没有可能或者说是否很可能，他正让自己置于别的危险而不自知，甚至正大步迈向那些危险？可不会总有人在身边提醒自己。就在刚刚，当他刚集中全身力气要好好表现时，他之前从不知道的这种怀疑涌现出来，引起了他的警觉！办公室工作中遇到的困难，这些也会影响审判吗？至少现在，他怎么也想不通自己为什么会想给蒂托雷利写信还要邀请他到银行来。

想到这个，他摇了摇头，这时男侍从过来了，他注意到接待室长凳上坐着三位绅士，他们等着见K已经好一会儿了。男侍从在同K说话时，他们已经站起来，每个人都想第一个来见K。银行随意地让他们浪费时间在接待室等着，但他们没人在意这个。"K先生……"他们其中一个人说。但K已经让男侍从拿来他的冬衣，当男侍从帮他穿上外套时他对那三个人说："先生们请原谅，很抱歉我现在没时间见你们。请见谅，我有些紧急事情要处理，必须马上离开。你们也看到了，我已经耽误了多长时间，能否劳烦你们明天或者以后再找个时间来？或者也许我们可以电话交流你们的事情？或者也许你们现在能简要告诉我你们要做什么，我会写回复给你。不管怎么说，最好还是下次再来吧。"那些男士发现他们白等了，而且 K 离开时的建议让他们感到诧异，以至于他们互相看了看，说不出一句话。"那我们就这么说定了，好吧？" K 一边说，一边朝拿着他帽子的男侍从走去。从 K 开着的办公室门他们看到外面的雪下得更大了，K 竖起外套领子，将最上面贴近下巴的扣子也扣起来。就在这时，副主任从隔壁房间走出来，看到 K 在同这些绅士谈判后笑着问："你要出去吗？"

"是的。" K 站得更直了，"我要出去办点儿事。"但副主任已经转向那三位绅士了。"那这些绅士怎么办？"他问，"我觉得他们已经等了很长时间。"

"我们已经达成一致意见。" K 说。但现在这些绅士已经压制不住，他们围着 K 解释说，如果没有重要事情，他们也不会等 K 等了这么久，所以现在就要花些时间单独与 K 谈事情。副主任听了一会儿他们说话，他也看见 K 手里拿着帽子不时地拍打着身上的灰尘，然后他说："先生们，有一个很简单的解决办法。如果你们愿意的话，我很高兴从主管手中接过这些谈判，你们的生意当然要立即处理，容不得耽误。我们是像你们一样的生意人，知道生意人的时间有多宝贵，可否往这边走？"他打开了自己办公室的门。

　　看起来，副主任十分擅长偷走 K 现在不得不放弃的一切！但 K 不是也在放弃吗？他并不是没的选，跑去找一个不知名的画家，他必须承认，对这个画家他其实不抱什么希望也不怎么相信，但他的名誉已经在遭受不可修复的伤害。也许再脱下外套并试着至少赢回那两个还等在隔壁房间的绅士是更好的做法，如果 K 没有看到副主任在自己房间像在自己书架似的找东西，他可能就这么做了。K 有些被激怒了，他朝门口走去，副主任大声地说："噢，你还没走！"他转向他——他脸上的那么多皱纹似乎在彰显力量而非年龄——但很快又接着寻找。"我正在找一份合同复印件。"他说，"这位绅士说你一定有，你能帮我找下吗？" K 往前走了一步，但副主任说："谢谢，我已经找到了。"他带着一大包文件转身回到了自己的办公室，显然，除了要找的那份文件，他还带走了很多其他文件。

　　"我现在不能管他。" K 对自己说，"一旦我解决了私人难题，他就会是第一个尝到后果的，他肯定不喜欢这种滋味。"这些想法使他稍微冷静了些，男侍从已经帮他开着去走廊的门很久了，他让男侍从有机会时告诉总经理他去银行外办公事了。当他离开银行后，想到能为自己的事忙活一会儿，他几乎觉得有点儿高兴了。

　　他直接到了画家那里，画家住在镇上的偏僻区域，那儿离法院办公室很近，虽然地方更穷、房子更暗。街上到处是脏东西，随着风慢慢飘来飘去，地上是融化了一半的雪。画家所在这栋楼的大门处两扇门只有一扇门开着，另一扇门边上的墙已经有个破洞了，当K接近时，一股令人恶心又冒着热气的黄色液体喷射出来，几只老鼠逃窜到附近的沟槽里。楼梯下方有个小孩趴在地上哭，但听不清楚，因为门厅另一边一个金属作坊发出的噪声盖过了其他声音。作坊的门是开着的，三个工人围着站成一圈用锤头敲打中间的产品。一个巨大的锡盘挂在墙上，投射出一点儿灰色的光到两个工人之间，照亮了他们的脸和工服围裙。K只是瞥了一眼，他想尽快穿过这里，说几句话看看那个画家怎么样，再快点儿直接回银行。即使他能在这取得一点点收获，对于今天他在银行的工作来说都有好处。到了三楼，他不得不放慢脚步，他已经喘不过来气了——那些台阶一级就像一层楼那么高，比需要的高度要高得多，而他知道画家住在最高的阁楼。空气也很压抑，楼梯间也建得不好，狭窄的楼梯被两边的墙封闭起来了，只有几扇分散在各处的又高又小的窗户。K停下来时，一些年轻女孩从某套房间里出来，一边笑着一边往楼上推挤。K慢慢地跟着她们，追上了其中一个因摔了一跤而被落在后面的女孩，当她们并排上楼时，K问她："请问有个叫蒂托雷利的画家住在这吗？"那女孩看起来还不到十三岁，有点儿驼背，她用胳膊肘戳了戳他，然后侧脸看着他。她的青春和身体缺陷丝毫不影响她已经变得很

152

堕落，她刚开始没有笑，而是用锐利又贪婪的目光仔细地看着K。K装作没注意到她的行为，问道："你知道那个画家蒂托雷利吗？"她点点头回答："你找他干什么？"K觉得如果能多知道一些关于蒂托雷利的事对自己有好处。"我想找他帮我画张像。"他说。"给你画像？"她把嘴巴张得老大，轻轻用手打着K，好像他说了些非常奇怪或笨拙的话。她双手提着本已经很短的裙子，尽可能快地跑向其他女孩，她们特有的喊叫声消失在高高的楼梯上。在下一个楼梯处，K又碰见了所有的女孩。那个驼背女孩肯定已经告诉了她们K的来访意图，她们都在等他。她们站在楼梯两边贴着墙，这样K就能从中间走过去，她们用手护住自己的围裙。即使在这个仪仗队似的场合中，她们的脸看着也像混合了稚气和堕落。这一排女孩中站在最高处的那个女孩笑着要引导队伍把K围起来，就是那个驼背女孩，她扮演着领导者的角色。多亏了她，K马上就找到了路的方向——他本该继续往楼梯上走，但她告诉他去找蒂托雷利就要拐弯到另外一边。通往画家住处的那些楼梯非常狭窄，也很长，直直的一条路，一眼就能看到最高处，那就是蒂托雷利的住处。这扇门的照明比楼梯其他地方的照明要好得多，门用木板拼成，上面用红色粗体的画笔写着"蒂托雷利"。K刚走了一半楼梯，一群女孩还跟着他。由于这些脚步声很大，门微微打开了，从门缝里出现了一个似乎只穿着睡袍的男人。"哦！"他看到走过来的这群人大喊一声，然后就消失了。

那个驼背女孩高兴地拍拍手，其他女孩在后面推着K快点儿往前走。

他们还没到楼梯最高处，但那个画家在高处突然将门打开，深鞠一躬邀请K进去。另一方面，他尽量离那些女孩远一点儿，不管她们怎么求他，他一个都不放进来，还防止她们想别的办法进来——如果他不允许她们进来，她们会用蛮力冲进来。唯一成功的就是那个驼背女孩，她从他伸出的手臂下滑进来，但画家在后面抓住了她的裙子把她拎回去，让她和其他女孩一起重新坐在门外边，其他女孩也不敢再冲进门里，画家让那个驼背女孩留在门口。K不知道该作何感受，因为他们看起来都乐在其中。门口的那些女孩，一个挨着一个都伸长了脖子往上看，还叽叽喳喳地说画家的玩笑话，但K听不懂，就连画家在把驼背女孩拎回门口时自己也笑了。然后他关上了门，又朝K鞠了一躬，伸出手自我介绍道："蒂托雷利，画家。"K指着门口叽叽喳喳的女孩说："你似乎在这栋楼里很受欢迎。""啊，这些小老鼠！"画家做做样子似的紧了紧脖颈处的睡衣说。他还没穿鞋，此外他只穿了一条松松垮垮的亚麻裤子，裤子已经发黄了，一条带子系在腰间来回晃荡。"这些小孩对我来说是个负担。"他继续说。他睡衣最上面的扣子又松开了，但他决定不管了，他拿出一把椅子让K坐。"我曾经为她们中的一个人作过画——今天她没在——从那以后她们就开始四处跟着我。如果我在这，她们要得到我的允许才能进来，不过只要我一出门，那她们至少有一个人会进来。她们做了一把我房门的钥匙，并且彼此借来借去，很难想象这对我来说有多烦。比如，我带一位要作画的女士回来，我一用钥匙打开门，就看到那个驼背女孩或其他人在桌旁拿我的画笔将自己的嘴唇涂成红色，同时她的小姐妹还会帮她把风，她们跑来跑去把屋子里每个角落都搞得乱七八糟。或者是另外一些事，比如，昨天晚上我回来得迟了些——抱歉我刚才是那样出现在您面前的，还有这屋子乱七八糟，都是她们弄的——就是我昨天晚上回来得晚了些，想睡觉了，可是觉得有什么在掐我的腿，我看了看床底，拉出来一个女孩。我不知道她们为什么要这么骚扰我，你刚才也看到了，我可没做任何鼓励她们靠近我的事情。她们也影响到了我的工作，这是自然。如果不是因为这间工作室是免费给我用的，我早就搬走了。"就在这时，从门底下传来一声轻柔又焦急的声音："蒂托雷利，我们现在能进来了吗？"

"不。"画家回答道。"我自己进来不行吗？只有我？"这个声音又问了一遍。"只有你也不准进来。"画家说着去把门锁上了。

这时 K 环顾着整个房间，如果不是听画家说，他怎么也想不到这个破烂的小房间竟然是个工作室，在这里无论是横着还是竖着都走不了两步。所有的东西，地板、墙、天花板全都是木头做的，还能看见木板之间的狭窄缝隙。从 K 所在的位置看，一张床靠着墙，上面混合着不同的颜色。房间中央竖着一个画架，上面的画用一件衬衫盖着，衬衫袖子垂到地面上。在K后面是窗户，由于外面大雾的缘故，从这只能看到附近楼房被雪覆盖的房顶。

钥匙在锁芯里转动的声音让K想起自己想早点儿离开这里，所以他从口袋里拿出厂商的信，递给画家说："这位男士把你介绍给我，他是你的一位熟人，是他建议我到这儿来。"画家快速看完了信，然后把它扔在床上。如果不是厂商明确说蒂托雷利是他的一个熟人，而且是他救济的对象，K很可能会以为蒂托雷利不认识厂商或至少不记得他了。这种感觉因为画家接下来的话又强化了，"你想买点儿画或者想为自己做个肖像吗？"K惊讶地看着画家。那封信到底写了什么啊？K理所当然地觉得，厂商的信里一定解释了K只想打听一些关于自己审判的事。他来这来得太匆忙了！但现在他还是要回答画家的问题，他看着画架说："你手头有正在画的画吗？"

"是的。"画家说，他掀开画架上的那个衬衫扔到床上，"是一幅肖像画，一个很好的作品，就是还没画完。"对K来说，这是个很棒的巧合，他正好可以利用这个机会谈法院的事，因为那幅画画的明显就是个法官。这幅画和律师办公室里的那幅画很像，只是这幅画的是另一位法官，一个满是胡子的大块头男人，两颊都是浓密的黑胡须。那位律师的画也是油画，但这幅画是用蜡笔涂的颜色，比较暗淡模糊。除此之外都很像，这幅画的法官

156

也紧握着王座扶手，似乎盛怒之下马上要跳起来。本来 K 打算说"这肯定是个法官吧"，但他想了一下，又仔细地看了看这幅画，似乎想研究一下细节。在王座椅背上有个大大的图像，但 K 看不明白，就问画家。画家说那个还要加些工夫才能完成，然后从一个小桌子里拿了根彩色蜡笔在那个图像边缘多画了几笔，不过并不比之前更容易辨认，至少 K 还是看不出。"这是公正之神。"最后画家说。"噢，我明白了。"K 说，"这是眼罩，这是天平，不过她脚后面怎么有翅膀？她怎么在飞啊？"

"是的。"画家说，"我必须按照合同要求来作画，实际上，这是公正之神和胜利女神合二为一了。"

"这不是个好的结合体。"K 笑着说，"公正应该保持静止，否则天平会不断摇晃，就无法做出一个公正的判决了。"

"我只是按照客户的意思行事。"画家说。"是的，当然。"K 并不是想批评任何人，"你画的公正之神，看着好像真的在王座上一样。"

"不。"画家说，"我从没见过公正之神或哪个王座，完全是靠虚构想象，他们告诉我怎么画，我就怎么画。"

"那是什么样的呢？"K 装作没有完全明白画家说的，问道："不是一个法官坐在法官椅上吗？"

"是的。"画家说，"但法官从来也不会那么高高在上，也从不会坐在这样的王座上。"

"作画时，他会做出这样威严的姿势吗？像法庭上的总统那样坐着。"

"是的，这样的男士都是非常虚荣的。"画家说，"但他们得到上面的允许可以把自己画成这样，每个法官能得到什么样的肖像画都是有严格规定的。只是有些遗憾，你没注意到这幅画里他的制服和动作的细节，蜡笔上色确实不适合表现这样的人物。"

"是啊。"K说，"蜡笔上色确实看起来有些奇怪。"

"这是那个法官要求的。"画家说，"是为了给一个女人看的。"画家看着像在工作，他卷起衬衫袖子，拿起几根蜡笔，抖动蜡笔头，在法官头周围做出个红色阴影，这些红色阴影一直辐射到画像的最边缘，K在旁边看着。画中法官头周围的阴影起到了装饰或一种高尚标志的作用，但在公正之神周围，除了一些几乎注意不到的着色，其余都是空白的。在这种空白的光亮之下，公正之神看起来像是在照耀着前方。这样，他看起来既不像公正之神，也不像胜利之神，而更像狩猎之神。K发现画家的作品比想象中更有趣，但接着他又责备自己在这待了这么久却一件自己的事都没办。"这个法官叫什么名字？"他忽然问。"这我不能告诉你。"画家回答。他弯腰趴在那幅画上，显然忽略了之前他还热情接待的客人。K把这当作是画家的一个怪癖，但这在浪费K的时间，K有些恼火了。"我猜你肯定是法院的一个受托人。"他说。画家立刻放下蜡笔，站起身搓了搓双手，笑着看K："永远都要直奔主题啊。"他说。"你的介绍信里说，你想打听些法院的事，你却开始谈论我的画，好让我站在你这边。不过我也不会生你的气，毕竟你不知道我是不吃那套的，先听我说！"他敏锐地说道，不给 K 反驳的机会。他接着说："此外，你说我是法院的一名受托人，这算是说对了。"他停顿了下，似乎想给 K 一些时间消化他的话。这会儿又能听到门外女孩的声音了，她们可能已经按住锁眼，也可能已经透过木板缝隙向屋里偷看。K 放弃了为自己辩解的机会，某方面是为了让画家继续当前的话题说下去，或者可能是因为他不想让自己显得太不接地气，那样画家就会觉得他不好沟通了，所以他问："那是一个公开的职位吗？"

"不。"画家决绝地回答，似乎这个问题阻止了他继续说下去的欲望。但 K 想让他接着说，于是说："这种不好公开的职位，往往比那些大家都知道的职位有更大的影响力。"

"正是这样。"画家皱着眉点了点头，"昨天我和厂商谈了你的案子，他问我能否帮帮你，我是这样回答的：'如果他愿意的话，可以来找我，你这么快就来了，我很高兴。看起来，这件事对你很重要，当然我对此丝毫不惊讶。现在你要脱掉外套吗？'"K 只打算待一小会儿，但画家的提议他很喜欢。他觉得房间里的空气越来越闷，有几次他惊讶地看着角落处那个熄灭的小铁炉，这个房间的温度高得莫名其妙。他脱掉长外套并解开礼服扣子，画家说："很暖和，这里很舒服，是吧？从这方面来说这个房间还是很好的。"K没回答，但实际上并非温度让他不舒服，更重要的是不透气，热度让他呼吸困难，这个房间应该已经很久没有通过风了。当画家邀请他坐在床上，而画家自己则坐在整个房间里唯一的椅子上时，这种闷热感格外强烈，而画家还以为K是客气才一直坐在床边，于是还一个劲儿地让K放轻松些。当K还在犹豫时，画家走过来将K推坐在床单和枕头中间，然后他回到自己的座位，终于抛出了他第一个公务问题，这个问题让K一时把其他事都忘了。"你是清白的，对吗？"他问。"对。"K说。回答这个问题真让他感到愉快，尤其是私下里对着一个人说，因为这意味着说这话不会有什么严重后果。直到现在，还没人这么坦率地问过他这个问题，为了增加自己的愉悦感，K又补充道："我是完全清白的。"

"那么，"画家低下头似乎在思考什么，忽然他又抬起头说，"如果你是清白的，那一切就好办了。"K露出不快的表情，这个法院受托人说起话来简直像个无知的小孩。"我的清白并不会令事情好办。"K说。尽管如此，他还是忍不住微笑着慢慢摇了摇头："有很多的重要细节法院都没找到，但最终，它还是会从一个什么都没有的地方找出数不清的罪状。"

"是啊，当然。"画家说，好像K毫无缘由地打扰了他一连串的思考，"但你是清白的，不是吗？"

"我当然是清白的。"K说。"这才是主要问题。"画家说。没有什么论据能让 K 改变想法，尽管他已下定决心，但他不知道画家这么说话到底是因为胸有成竹还是漠不关心。K 想知道答案，于是问："我知道你肯定比我更熟悉法院，很多完全不同的人都跟我说过法院的事，除此之外，我对法院一无所知。但有一点他们说的都一样，就是一旦做出不好的指控，就不容易消除了，同样法院一旦开始起诉，那就意味着它相信被告有罪并且很难令它改变看法。"

"很难？"画家挥舞着一只手说，"是不可能让它改变看法！如果我在画布上把所有的法官画成一排，你在他们前面为自己辩护，这个成功率都比在真实法庭的大。"

"是啊。"K 自言自语，忘记了他说这个只是为了试探画家。

门后面的一个女孩又开始问了："蒂托雷利，他很快就走吗？"

"安静！"画家大声说，"看不到我在和这位绅士说话吗？"但这并不能令那个女孩满意，她问："你要为他作画？"他没回答，女孩又说："请别为他作画，他是一个'糟糕的混蛋'。"接着是很多叽叽喳喳、听不清楚的赞同声音。画家跑到门外，轻轻打开一点儿门缝——可以看到女孩们在鼓掌好像在要求什么——他说："如果你们还不安静，我就把你们都扔下楼梯。现在安静地坐在台阶上。"她们没有马上听话，所以他又命令道："坐到台阶上去！"这时才安静下来。

"发生这件事我很抱歉。"当画家回到 K 那里时说。K 几乎没朝门那边转过身，他把这些喧闹全权交给画家去处理，看他是否会保护自己，如果保护的话是怎么保护。即使现在画家躬身向他，他也没怎么动，画家为防门外偷听低声说："这些女孩也是属于法院的。"

"怎么说？"K 扭头看着画家问，但画家坐回自己的椅子，半开玩笑半解释地说："噢，所有东西都是法院的。"

"我到现在才发现这事。"K 敷衍地说。画家这句概述性的话，使 K 关于女孩们的评论不那么心烦。尽管如此，K 还是一直盯着门，门外就是安静坐在台阶上的女孩们。除了有一个女孩从门缝的木条间塞了一根吸管，不时地慢慢上下晃晃它。"看来你还是不怎么明白法庭是干什么的。"画家说，他把两条腿岔开，用脚尖在地板上大声地敲着地板，"但既然你是清白的，你也不需要知道，我会把你捞出来。"

"你打算怎么做？"K 问，"你刚才还说，在法庭上讲道理讲证据是行不通的。"

"我是说你在法庭上讲道理讲证据是行不通的。"画家说，他竖起他的食指，好像 K 没注意到他措辞中的细微差别，"在法庭之外，如果你试着做些什么，那可就不一样了，我指的是咨询室、走廊或这里，比如我的工作室。"K 现在发现，要明白画家的意思容易多了，或者说，画家说的同之前别人告诉他的差不多。事实上，这个看起来还更有希望。如果真像律师说的，那么容易就能改变法官的意见，那这个画家同那些虚荣的法官之间的关系就很重要了，至少这种关系不能被低估，画家会很好地打理K正慢慢收集来的法官助手的社交圈。他在银行时就以高超的组织能力出名，在整理自己的资源这件事上他能把这种能力发挥到极致，眼下真是个好机会。画家观察到他的话对K产生了影响，他用确定又不安的语气说："你没发现我说话像个律师吗？一直和法院里的那些绅士打交道，我就受到了影响。我因此得到了不少好处，当然也有不少坏处，艺术的说法是这样。"

"那你最早是怎么搭上这些法官的呢？"K问，他想先取得画家的信任再让画家为他服务。"那很简单，"画家说，"我继承了这些联系人。我父亲之前就是为法官作画的画家，这是个会传承下去的工作。他们不能找新画家，因为如何为不同等级的官员作画有一套庞杂的规矩。除此以外，除了几个特定家庭也没人知道这个秘密行当。比如在这个抽屉里，就有我父亲的笔记，我不会给任何人看。如果你知道笔记的内容，那你就能为法官作画。不过即使我丢了笔记，也没人能取代我的工作，因为所有的规矩都在我的脑子里，所有的法官都想被画成那种年老的大法官，只有我才能做到！"

"肯定有人嫉妒你。"K想了想自己在银行的位置说，"那你的工作可以说是无懈可击了？"

"是的，无懈可击。"画家说着骄傲地耸了下肩，"这就是为什么我有时可以帮得上面临审判的穷人。"

"你是怎么做的呢？"K问，似乎画家刚才说的穷人不是他。画家没有被这分散精力："在你的案子里，举个例子，既然你完全清白，这就是我要做的。"不停提起K是清白的已经令K不快，在K看来，有时画家提起这些是为了在审判这件事上得到一个对他有利的导向，这是找他帮忙的前提条件，本来清白是不需要找人帮忙的。但尽管有这些怀疑，K还是强迫自己不要打断画家。他不想失去画家的帮助，这是他已经决定的，不管从哪方面看，这种帮助都比律师的靠谱。K显然更看重画家的帮助，因为这来得更加公开且无副作用。

画家将椅子朝床边移近了些，继续压低了声音说："我忘了问你了，你想要什么样的无罪判决？有三种：完全无罪判决、形式无罪判决和延期审判。完全无罪判决当然是最好的，只是要达到这种结果的话，我帮不上忙，我觉得也没人能帮你达到这种判决。这种唯一的可能就是被起诉的人是清白的。既然你说你是清白的，那这种判决就是可能的，你可以完全依靠你的清白。在这种情况下，你就不需要我或是其他任何类型的帮助。"

刚开始，K被这种清晰的解释惊到了，但他很快就像画家那么平静地说："我觉得你的话自相矛盾。"

"这怎么说？"画家耐心地问，笑着往后靠了靠。这个笑容让 K 觉得好像他不是在试探画家说的是否靠谱，而是在寻找法庭本身程序的矛盾之处。但他没受这个想法的影响，接着问："之前你说用合理的证据无法接近法庭，后来你又说这说的是公开的法庭，现在你又说一个清白的人在法庭上不需要帮助，这些本身就自相矛盾。再说了，你之前说可以通过私人关系影响法官，现在你又说通过私人关系永远也不可能达到完全无罪判决，这又是第二个自相矛盾之处。"

"很容易解释这些自相矛盾。"画家说，"我们说的是两个不同的事，一个是法律上的说法，另一个是我从以往经验中所知道的事，你可不要把这两个混淆了。我从没见到这些经验写在书上，但法律是写下来的。当然了，一方面说清白之人会无罪释放，但另一方面也没说法官不能被影响，当然也有可能是我知道的那些案子中都没有清白之人。但是那么回事吗？这么多案子中的受审者都没有一个清白的？在我还是个小男孩的时候，我经常认真听我父亲在家说起法庭判案的事，来他工作室的那些法官也会谈论法庭的事，在我们这个圈子里，所有人谈的都是这些。我自己倒没怎么有机会去过法庭，但当我做得到时，我总会对这个善加利用，我听过很多审判在重要阶段的进展，一旦有机会，我就会仔细追踪这些案子。我只能说，我还从没见过完全无罪的判决。"

"是这样啊，从没有过无罪判决。"K 说，好像是在对自己和自己的希望说，"这也和我对法庭的已有印象一致，从这方面讲，法庭没什么意义，他们完全可以用一名刽子手换掉整个法庭。"

"你不能这么一棒打死，"画家不满意地说，"我只是在说我的个人经验。"

"那就够了，"K说，"或者你听说过任何更早期的无罪判决吗？"

"他们说更早的时候，是有一些无罪判决的。"画家回答，"但很难知道到底有没有，法庭的最终判决是不公开的，连法官们也不允许知道，所以我们说的那些更早时候的判决都只是传说。但你可以相信，多数都涉及完全无罪判决，不过这不能被证实。另一方面，你也不能完全不信这些，我相信还是有一定的真实性的，这些传说很美，我自己就画过一些这类的画。"

"我的判断可不会仅仅因为一些传说就被改变。"K说，"我猜，在法庭上可不能引用这些传说，对吧？"画家笑起来："是的，在法庭上不能引用这些传说。"

"那谈论这些就没什么意义了。"K说，现在他很想相信任何画家告诉他的事，即使这跟之前其他人告诉他的不一样，甚至是矛盾。现在他没有时间去检验画家说的每件事是否属实，即使他的帮助力度不大，只要画家肯帮忙，K就能拼尽全力去推动审判进展。所以他说："那我们先别管完全无罪判决吧，你还提到了另外两种可能性。"

166

"形式无罪判决和延迟判决，就剩这两种可能了。"画家说，"但谈论这些之前，你不想脱掉你的外套吗？你肯定很热。"

"是啊，"K说，之前他光注意听画家的解释了，现在有人说热，他感觉他的眉毛都出了很多汗，"简直热得受不了。"画家点了点头，好像他很能理解K的感受。"我们能不开窗户吗？"K问。"可以。"画家说，"这只是个组合的玻璃框，打不开的。"K这时才意识到，他其实一直期待着画家忽然起身打开窗，他甚至已经准备好张嘴吸入开窗后的雾。在空气中被隔离起来的想法令他感觉有些头晕，他轻轻拍了拍床单，用虚弱的声音说："这很不方便，对身体也不好。"

"哦，不是的。"画家维护他的窗户说，"因为窗户打不开，这个房间就比那种可以打开的双层玻璃房间更暖和，虽然只有一层玻璃。由于有木头缝隙上的通风口，这个房间也不怎么需要通风，但如果我实在想通风时，我可以打开一扇门，或者把两扇门都打开。"这个解释让K稍感安慰，他开始四处看第二扇门在哪里，画家看到他这样，说："在你后面，我不得不把它藏在床后。"K这时才看到墙上那个小小的门。"对一个工作室来说，它确实太小了。"画家说，似乎他已经预见到K将对此质疑，"我必须整理下这个地方，这也能做得到。门前面明显很不适合放床，比如，我目前正为他作画的法官，他每次来都从床边的这扇门进来，我甚至给了他一把这扇门的钥匙，这样我不在家时，他也能在工作室等我。虽然现在他经常早上来，那时我还在睡觉，当然不管我睡得多熟，每次我听到床边的门开了总是会醒。如果你听到早上他跨过我的床时我是怎么骂他的，你就不会对法官们怀有什么敬意了。我知道，我也可以把钥匙收回来，但那只会让事情更糟，他们不怎么费劲就能把这些门的铰链弄断。"画家说这话的时候，K在想，他是否应该把外套脱了，但后来他想到，如果不脱掉外套，他可能会在这待不住，所以他脱掉长外套放在膝盖上，这样，一旦谈话结束，他就能马上再穿上。他还没脱完，一个女孩就大喊起来："现在他脱掉了外套！"他还听到她们推挤在木门缝隙处看这场景。"那些女孩觉得我要为你作画了，"画家说，"所以你脱掉了外套。"

"我知道。"K说，对此还感到一丝愉悦，他觉得比之前舒服了些，虽然他现在只穿着衬衫坐在这儿。他有些恼火地问："你刚才说的另外两个可能性是什么？"他已经忘了那两个专业术语。"形式无罪判决和延迟判决。"画家说，"你自己决定选哪个，如果我帮你的话，你选哪个都可以，但也需要做些努力，两者之间的不同是形式无罪判决需要在一段时间内集中努力，延迟判决没有那么费劲但会一直持续下去。现在先说形式无罪判决，如果你想选这个，我会写一张关于你清白的声明。这种类型的声明是我父亲传给我的，是无可指责的。我会把这个声明递给我认识的法官们，我会先从我正为他作画的那名法官开始，今天下午他来这边坐着时，我就给他这个声明。我会把声明放在他面前，向他解释你是清白的，并以我做担保。这可不是一个无足轻重的担保，这是个真正的担保，并且有约束力。"画家看着 K 的眼光似乎带着责备，因为 K 想让他承担这种责任。"你真是太好了，" K 说，"那法官会相信你，却不肯给个完全无罪判决吗？"

"就像我刚刚说的，"画家回答，"不管怎么说，也不能保证所有的法官都相信我，比如，很多法官也许想让我带你去，给他们看看，那你就也要来了。但如果是那样的话，至少说明事情已经成功了一半，尤其是我会提前教你对法官的关注点该如何回应，这是当然的。不过也可能会有一些法官前面就拒绝了我，那就糟糕了，我肯定要尝试好几种方法，但那些行不通的方法就让它过去吧，至少我们还能试试没有一个法官能拒绝的决定性裁决。这种方法就是，我请足够多的法官在你案子的声明上签名，然后将它呈给管你案子的法官，搞不好他可能也已经在这上面签了名，在这种情况下，事情进展得会比其他方法更快一点儿。在这一步之后，进展一般就没什么延误了，这时候也是被告最有信心的时候。很奇怪但是真的，这时候人们往往比被宣判无罪后还有信心，那时候就不需要做额外努力了。当被告人有了一份表明清白的声明，又有了很多其他法官的保证，法官就可以放心地判你无罪了。虽然还有一些程序要走，不过看在我和其他熟人的面子上，他也一定会顺利走完剩下的程序的，而你就可以走出法庭重获自由了。"

"那么我就自由了。"K犹豫地说。"是的,"画家说,"不过只是表面上自由了,或者更准确地说,是暂时自由了,因为多数初级法官,就是我认识的那些,他们没有权力做出最终判决,只有最高等级的法官才有。在那些审判你、我、我们所有人的法庭上,我们不知道那里如何运转,顺便说下我们也不想知道。判决人无罪是一项重要的特殊权力,我们的法官没有这项权力,但他们有使人免于刑事诉讼的权力。也就是说,如果人们是通过这种方式获得自由,起诉目前是被撤回了,但是仍然悬在被告人头上,只要更高级别的法官一声令下,审判就又来了。因为我和法院的关系很好,所以我还可以告诉你绝对无罪判决和形式无罪判决的区别。简单来说,这是不同法院办公室的命令。如果是绝对无罪判决,那所有的审判程序就结束了,审判过程中的一切都会消失,不仅包括刑事起诉还有审判,甚至无罪判决也消失了,一切都会结束。形式无罪判决就不同了,在形式无罪判决下,什么都不会改变,除了让你的清白、无罪和无罪判决的基础更加牢固。除了这个,诉讼还和以前一样进行,法院办公室还继续他们的工作,案子被移交给更高级别的法院,又传给低级别的法院,就这样来来回回地反复,有时会快一点儿,有时会慢一点儿。在这个过程中,不可能知道到底进行到哪一步了。从外部看来,有时看起来一切都被遗忘了,文件也丢了,无罪判决也结束了。凡

170

是了解法庭的人，都不会相信这个。实际上，没有任何文件丢了，法庭什么都没忘。忽然有一天，谁都想不到——某个法官或其他人捡起这些文件，仔细研究了一下，发现这个案子还在办，会立即下令把被告抓起来。有可能在形式无罪判决和重新被抓起来之间会隔很长时间，我也确实知道一些这样的案子，但也有可能被告获得形式无罪判决后回家，结果发现重新逮捕他的人已经在他家里等着了，那么他就又失去自由了。"

"那审判会从头再来一遍吗？"K简直不敢相信地问。"审判总会从头再来。"画家说，"但这又有获得形式无罪判决的可能了。这一次，被告必须尽全力且不能放弃。"画家说的最后一句话，可能是看到K的肩膀耷拉下去以后专门说的。"但获得第二次无罪判决，"K似乎料到了画家接下来要说的话，"会比第一次更难吗？"

"这方面，据我所知，"画家回答，"说不准的。你是说，第二次被逮捕，会让法官和陪审团对被告产生负面印象吗？并不是这样，一旦做出无罪判决，法官就明白要进行重新逮捕了，所以重新逮捕并不会有什么影响。但是案子里法官的心情和他们的专业观点可以改变，为了获得第二次无罪判决，也必须适应新情况去努力，并且要像第一次那样鼓足了劲。"

"但第二次无罪判决也不是最终结果。"K摇摇头说。"当然不是。"画家说，"第二次无罪判决后面还有第三次逮捕，第三次无罪判决后面还有第四次逮捕，就是这样，这就是形式无罪判决的意思。"K不说话。"很明显，你觉得形式无罪判决没什么优势。"画家说，"也许延迟判决更适合你，你想听我解释下什么是延迟判决吗？"K点点头。画家往后靠了靠，在椅子里伸展了一下身体，睡衣敞着怀，他用手按着衣服里面，轻抚自己的胸膛和身体侧边。"延迟判决，"画家漫无目的地看着前方，似乎在找一个既完美又恰当的解释，"延迟判决是让诉讼一直停在前面的步骤，要做到这个，被告人和帮忙的人要一直同法庭做好私下联系，尤其是那些帮助他的人。我重复一下，这个不需要像形式无罪判决那样花那么大力气，但需要更多时间和注意力。你要一直看着这个审判，过一段时间你就要去拜访下相关的法官，当某些事情发生时也要拜访，不管你做什么，你必须努力，并一定要同法官保持友好关系。如果你无法直接认识那个法官，你必须通过你认识的那些法官去影响他。一旦你成功地做到了上述这些，你就可以放心，审判就会停留在最初的这些阶段。审判不会停，但被告人几乎可以确定免于定罪，就好像他被判决无罪似的。和形式无罪判决相比，延迟判决的优势是：被告人的未来结果更明确，被告人不会因被忽然重新逮捕而震惊恐惧，也不会感受到形式无罪判决中所需要的那种特别努力和压力，那比生命中其他任何事都难。但延迟判决的缺点也不可低估，我不是说延迟判决永远都无法自由这个缺点，因为从某种意义上来说，形式无罪判决也永远无法自由，而是另一个缺点，只要案子向前推进，诉讼就无法避免，除非至少有一些拿得出手的理由。这样从外面看起来，案子是有新进展的，这就意味着要遵从法院时不时发来的不同命令。被告人会被讯问，还要配合调查等。审判被限制在一个小圈子内，而且要在这个圈内不停转圈。虽然不该把这些全部想成是坏的，但这当然会给被告带来一些不快。这些只是做做样子，比如，讯问可以很短，如果你没有时间或不想去，可以找个理由，碰到有的法官，你甚至可以在很久以前预约讯问的时间，总结一下，意思就是，作为被告，你要不时地向法官报告。"画家最后几句话还没说完，K就已经拿起外套站起来。门外立刻有人喊："他现在站起来了！""你现在要走了吗？"画家也站起来问："肯定是你受不了这儿的空气，对此我很抱歉，我还有很多话要告诉你，我希望能尽量简短地解释给你听，但我觉得至少也要先说清楚。"

"是的。"K努力听着这些，这已经让他开始头疼了。画家又总结了一遍他刚才说的话，好像他想让K在回家的路上有些安慰。"两种方法都可以让被告免于被定罪。"他说。"但这也会让被告无法真正被判决无罪。"K平静地说，好像羞于承认这一点。"你明白了精髓。"画家迅速说。K将手放在礼服上却无法自己穿上，他本想穿戴整齐再出去呼吸新鲜空气。那些女孩也不能让他穿上外套，即使她们已经在大声互相议论他在穿礼服了。画家还想以他的方式了解 K 的心情，他说："我猜，现在你是故意不从我的几个建议中做出决定，这很好。我本来还要建议不要马上做决定，这些建议的优点和缺点之间的差异比一根头发丝还小。要仔细权衡下，但最重要的是，你不要浪费太多的时间。"

"我很快会再来。" K 忽然决定要穿上礼服，他将长外套搭在肩上，快步地走向门口，门外女孩们已经开始尖叫。"好吧，你要说话算数。"画家没有跟来，"否则我会去银行问的。""请你帮我开下门。" K 拽着门把手无法打开，因为女孩们在外面紧紧地拉着门。"你想被这些女孩骚扰吗？"画家问，"从另一个出口出去更好。"他指着床后面的那扇门说。K 表示同意，朝门后跳去。画家没有来开门，而是爬到床底下问 K："再耽误两分钟，你不想看看我的画吗？" K 不想表现得没有礼貌，画家确实为他考虑了很多并承诺未来会给他提供更多的帮助。而且，由于 K 忘了说钱的事，双方还没提到画家帮助的付费。所以，K 现在不能拒绝，他让画家展示下他的画，而与此同时他已经因为急于早点儿离开工作室而开始微微颤抖。画家从床下拿出一幅没有裱框的画，画上面布满灰尘。画家扫灰时，最上面的一些灰尘飘到 K 的眼睛里，让他一时喘不过气。"荒野风光。"画家将画递给 K 时说。上面是两棵畸形的树在黑暗的草丛中彼此分离，背景是彩色的日落。"很好。" K 说，"我要了。" K 不假思索地说，他很高兴，画家并不觉得这有什么不妥，画家从地上又拿起第二幅画。"这和第一幅画正相配。"这幅画和第一幅画看起来没什么不同，上面有树、草丛和日落，但这对 K 来说一点儿都不重要。"这些是美丽的风景。"他说，"我两幅都买了，我要把它们挂在办公室。"

"看来你很喜欢这个主题。"画家一边说一边拿起第三幅画，"这样的好货我还有一个，这幅和前两幅是类似的。"但这幅画和前两幅可不仅仅是类似，而是完全一样。画家正在充分利用这个机会来卖掉自己的旧作。"这幅我也要了。"K 说，"三幅画总共多少钱？"

"下次我们再谈这个吧。"画家说，"现在你要赶路，我们保持联系。此外，很高兴你喜欢这些画，我会把下面所有的画都给你，它们都是荒野风光，我画过很多荒野风光。很多人不喜欢这种类型的画，觉得它太过忧郁，但也有一些人喜欢，你就是这种喜欢忧郁主题的人。"但 K 没心情听这个画家兼乞丐说自己的职业经历。"把它们都包起来！"他大声说，画家还在说话时就被打断了，"我的雇员早上会来取。"

"不需要。"画家说，"我觉得我可以帮你找个搬运工，他现在就能跟你去。"最后他伏在床上打开了门。"直接踩上床吧，别担心这个。"画家说，"从这过来的人都是这样的。"就算没接到这个邀请，K 也已经毫无愧疚地将脚踩在床单中间了，他顺着打开的门往外看了看又把脚伸回来了。"那是什么？"他问画家。"怎么这么惊讶？"他惊讶地看到 K 又回来了。"这些是法院办公室，你不知道这里有很多的法院办公室吗？几乎每个阁楼里都有法院办公室，这栋建筑怎么会例外呢？就连我的工作室，其实都是属于法院办公室的，但法院让给我用。"并非发现了法院办公室让 K 感到震惊，他主要是被自己的幼稚惊到了。在他看来，被告最基本的行为准则之一就是应该尽量不让自己感到惊讶——而他一直在不断地违反这条准则。他前面是一条长长的走廊，有风吹进来，同工作室相比，这里的空气很清新。走廊两边安了长椅，是给像他这样去办公室办事的人准备的。看起来，办公室该如何放置设备有一套准确的规矩。那天好像没什么人去办公室办事，有个男人在长椅上半坐半躺，脸埋在手臂里，看起来像是睡着了，另一个男人在走廊尽头半明半暗处站着。K 跨过床，画家拿着画跟在他后面，他们很快就碰到了一个法院雇员——K 现在可以从金扣子认出法院雇员了，他们的制服常规扣子下面还有个金色扣子，画家吩咐法院雇员帮 K 把画搬回去。K 用手绢捂住嘴巴，与其说 K 在走路，不如说他在蹒跚着。他们已经快走到出口了，忽然那群女孩冲了过来，K 没能避开她们。她们看到工作室的第二扇门打开了，于是从另一扇门绕过来挡住他。"我不能再跟着你了！"女孩们挤过来时，画家笑着大声说，"再见，别犹豫太久！"K 几乎没回头看他。一到街上，K 就拦下碰到的第一辆出租车坐进去，法院雇员的金扣子不停地在 K 眼前晃，虽然其他人都没注意到。法院雇员打算坐到副驾驶位去，但 K 提前让他

176

下去了。当 K 到达银行时，午休时间已经过去很久了，K 本想把那些画留在出租车上，但他想到，将来他可能需要让画家看到这些画他还留着。所以 K 还是把画带到了办公室，锁在最下面的抽屉，这样，至少在未来几天的时间里，可以不被副主任看到了。

第八章

解雇律师

第八章 第八章

K 终于决定不让律师插手自己的案子了，这么做明智吗？他一直在纠结。但他最后决定必须得这么做。K 是好不容易才下定决心的，他决定去见律师的那天，工作效率很低。为了完成工作，他又在办公室待到很晚才下班。他到律师家门口时都十点多了，按铃之前，K 又想了一下，是不是打电话或者写信更好？当面解雇律师，到底是有点儿尴尬，不过当面谈有当面谈的好处。用别的方式，律师会沉默或者写一两句官方的说辞表示认可，除非 K 去问莱尼，否则他永远也不会知道律师对此事有什么样的反应，或者律师认为解雇会有什么后果，律师的意见不能忽视。两个人面对面坐着，律师知道自己被解雇了，肯定会很吃惊。这样，哪怕从律师嘴里套不出多少话，K 也能从他的表情和行为上推断出所有事情。毫无疑问，K 也很有可能被说服，觉得案子最好还是丢给律师而不解雇他了。

跟平常一样，K 敲门的时候起初也没人来开门。K 想："莱尼开门可以快一点儿的。"但他至少很开心，这次没有人像往常那样冲出来打扰他。要么是那个穿睡袍的人，要么是别的什么人，这都会让他很烦。K 又按了一遍门铃，他看了看另一扇门，不过这次还是没有人开门。最后，终于有一双眼睛出现在猫眼上了，但那不是莱尼的眼睛。有人开了门，但依然按住门不让 K 进去，而是朝里面喊了一声："是他！"然后才把门完全打开了。K 推开门，因为他听到里面立刻有人插了把钥匙进去，锁住了通往另一个公寓的门。面前的门终于打开了，他火速走进门厅，穿过屋中间的走廊，他看见莱尼。开门的那个人警告地喊了一声，莱尼穿着睡衣就跑掉了。K 看了她一会儿，又转向那个开门的人，这是个瘦小干枯的人，满脸都是胡子，手里举着蜡烛。K 问："你在这儿工作吗？"那人回答："不，我不是这儿的人，我只是律师的委托人，来这儿是因为一些法律问题。"K 用手指着那人的衣服："连外套都不穿？"那人就着手里的蜡烛看了看自己，似乎自己以前一直没意识到形象问题："哦，请原谅！"

　　"莱妮是你的情妇吗？"K 草率地问。他两腿微微叉开，手里拿着帽子，双手放在背后。只是因为自己多穿了一件厚外套，K 就觉得，自己比这个瘦小的男人有优越感。"噢，上帝啊。"他很震惊，抬起一只手挡住脸做出防卫的姿态，"不，不是啊，你在想什么呢？"K 笑着说："你这人看着挺实在的，来吧。"K 用帽子为那人指路，让他在前面走。路上 K 问："那你叫什么名字呢？"

"布劳克，我是个商人。"小个子转过身来自我介绍，K 可没让他停下。K 问："那是你的真名吗？"那人答道："当然了，你怎么会怀疑这个？"K 说："我以为出于某种原因你需要对名字保密。"K 现在感到很放松，在跟比自己地位低的人说话时，人们总是能置身事外，既不用透露自己的信息，还能偶尔谈论别人的利益，可以让对方升入云端，也可以将对方打入凡尘。K 在律师办公室门口停下，打开办公室的门，对这个顺从地走在前面的人说："别走那么快！照着点儿！"K 猜想莱尼肯定藏在这儿，他让那个商人寻遍每一个角落，房间确实是空的。在法官的画像前，K 抓住商人的背带不让他再继续往前走了。他用食指朝上指了指，"你认识他吗？"商人举起蜡烛，抬头看了看眨了眨眼，"这是个法官。"

"是重要的法官吗？"K 站到商人的面前，这样就可以观察他看到画像时的表情。商人一脸崇拜地看着："是重要的法官。"K 说："你眼神不好，他是低等的法官。"商人拿低了蜡烛："我想起来了，其他人也是这么跟我说的。"

"他们肯定告诉过你了。"K 喊起来，"我都忘了，他们肯定告诉过你了。"

"但是为什么呢？"商人被 K 推着朝门口走去，到了外面的走廊，K说："你知道莱尼藏在哪儿，对不对？"商人说："藏？不知道，她可能在厨房给律师煮汤吧。"K问他："那你刚才怎么不马上告诉我？"商人似乎对K的要求感到困惑："我正要带你去呢，你又把我叫回来了。"K说："你觉得自己很聪明是不是？现在带我去！"K从来没去过厨房，没想到厨房这么大，设备这么齐全，光炉子就比平常的炉子大三倍，但细节看不清，因为厨房里只有一盏挂在入口处的小灯照明。莱尼站在炉灶旁，像往常一样穿着白围裙往酒精灯上的锅里打鸡蛋。

"晚上好啊，约瑟夫。"她往旁边瞥了一眼。"晚上好。"K用一只手指着角落里的一把椅子让商人坐下，商人果然照做了。K走到莱尼背后，从她的肩膀上探头问她："这个人是谁？"莱尼用一只手搅着锅，用另一只手环住K把他拉到自己面前："他是个可怜人，一个可怜的商人，叫布劳克，你看看他。"他们俩朝那边看了看，商人正坐在K要他坐的椅子上熄灭了蜡烛，又用手按住蜡烛的灯芯掐灭了烟。"你穿的是睡衣。"K把手放在她头上，让她转头看着自己。她沉默了。K问："他是你的情人吗？"莱尼要去取汤锅，但K抓住她的两只手："回答我！"她说："来办公室，我把一切都告诉你。"K说："不，我要你在这儿说。"她抱住他，想吻他。但K却推开她："我现在不想让你吻我。"

"约瑟夫。"莱尼诚恳地哀求K，"你不是嫉妒布劳克先生吧？"她又转向商人："卢迪，帮帮我。你看，他怀疑我，先放

184

下蜡烛。"布劳克先生看上去似乎没注意到他们，但听了这句话，就走过来了。他坦率地说："我都不知道你为什么会嫉妒。"

"我也不知道。"K笑着看商人。莱尼大声笑起来，趁K不注意的时候抱住他低声说："现在，让他自己待着吧，他是什么样的人你也看到了。我帮过他一些，是因为他是律师的一个重要委托人，没别的原因。你呢？你想在这个点儿找律师聊聊？他今天很不舒服，不过如果你要去找他的话，我去告诉他。你都好久没来了，律师一直都在问你。你的案子你也应该上点儿心！我还知道了一些事情要告诉你，不过现在先把外套脱了吧！"她帮他脱掉外套，脱掉帽子，把它们拿到走廊去挂起来，然后又跑回来："你是想让我先告诉他你来了，还是先让他把汤喝了？"

"先告诉他我来了。"K情绪不佳，他原本想跟莱尼仔细讨论一下他的事情，尤其是他要不要解雇律师的事情。不过现在，由于商人在场，他不想这么做了。现在他觉得他的事情太重要了，不能让这个小小的商人参与其中。因此，他把莱尼从半路叫回来："先让他喝汤吧，我希望他恢复点儿力气再和我讨论，他需要力气。"

"你也是律师的委托人吧？"角落里的商人安静地发问，像是要搞明白。但是，他没得到答案："关你什么事？"

莱尼说："你们安静点儿。我先去给他送汤？"她把汤倒进盘子里，"唯一要担心的是，他喝了汤可能很快就会睡了。"

"我跟他说的事会让他清醒的。"K还是想暗示莱尼自己有很重要的事要跟律师商议，他希望莱尼能问他究竟是什么事，这样他就能得到她的建议了。但她没问，只是执行了他的命令。她端着汤走到他身边时，故意蹭了他一下，低声说："他一喝完汤，我就告诉他你来了。"

"去吧。"K说。

"对我温柔点儿。"她依然端着盘子，又一次转身往门口走去。

K站在原地看着她离开，现在他已下定决心一定要解雇律师，但他肯定没有时间再和莱尼商量一下了。虽然这些事远远超出了她的能力范围，但她准会劝他改变主意，这一次，她很可能会说服他，她很可能会让他放弃原来的计划，使他继续成为疑虑和恐惧的牺牲品，直到他再也忍受不了。这个决定太重要了，不能放弃。越早做决定，他的痛苦就越少，在这件事上，商人或许能开导他一下。

于是，他转身看着商人，商人忽然动了一下，像是要跳起来。"坐吧。"K拉过一把椅子，坐在商人身边，"你早就是律师的委托人了？"商人说："对，我很早以前就是他的委托人。"K问："他帮你多久了？"商人说："我不明白你说的是哪个，生意上——我是个商人——律师从一开始就是我的代理人，二十年来一直如此；至于我个人的案子——你大概说的是这个——他五年多以前就是我的律师。"他拿出一个旧笔记本证明自己说的都是真的，"我这里面可全都记着，确切日期我都能说出来。单凭脑子记很困难，我的案子可能比我说的还早，从我妻子一死就开始了，肯定是五年半以前的事了。"K把椅子挪了挪，离那人更近了一些："这么说，他还打遗产纠纷的案子？"在他看来，法院和法学的联系似乎十分牢固。"那当然。"商人接着低声补了一句，"他们甚至说，他最擅长的就是处理遗产纠纷。"他显然后悔自己说多了，便伸出一只手搭在K肩上，"你可别出卖我，拜托了。"K轻轻拍拍他的大腿："不会的，我不会跟别人说的。"布劳克说："你知道，他惯于打击报复，不过，像你这么忠诚的委托人，他肯定不会害你的。"K说："噢，他会的。"布劳克说："他一旦发火就六亲不认，其实，我对他也算不上有多忠诚。"K问："那是怎么回事？"布劳克犹豫不决地说："我还是不说了吧。"K说："说吧。"布劳克说："好，我告诉你几件事，不过你也得告诉我你的秘密，这样咱们就扯平了。"K说："你真谨慎，我会告诉你的，我说了以后，你就再也不会怀疑我了。现在说说，怎么回事？"

商人犹豫着，像在承认什么见不得人的事："呃，除了他以外，我还有其他律师。"K有些失望："这有什么。"

"据说不能这样，"商人一直紧张得喘不过气来，不过现在K认可他，他就放心了，"不让这么干，特别是有一个正式的律师后，就更不准找别的律师商量了。我却违背了这个规定，除他以外，我还找了五个律师。"

"五个！"K对这个数字感到惊讶，"除了他，你还有五个律师？"布劳克点点头继续说："我还在找第六个律师呢。"K问："你要那么多律师干吗？"布劳克说："每个人都有用。"K说："那你能不能告诉我有什么用？"商人说："当然可以，首先，我不想输掉官司，这点很容易理解，所以可能有用的我都不会错过。哪怕有一线希望，哪怕希望很渺茫，我也不会放弃。所以，我的钱都花在这上面了。比如说，做生意的钱，起初我的商行差不多有一层楼，现在我只要一间朝北的屋子和一个伙计就够了。当然，我生意不好不仅仅是因为没钱，还因为我没有精力。你要是光顾着忙案子，就不会有多少精力管其他的事。"K忽然打断他："这么说，你也是自己操心自己的案子，我正想问你这个呢。"商人说："没什么好说的，一开始时我还想着自己忙活，后来就放弃了。太浪费精力了也没什么用，光是到法院去看看情况怎么样了也很折腾，至少对我来讲是这样。就算你只是在那儿坐着等人来叫你，你也会无精打采的，你也知道那儿的空气。"K问："你怎么知道我去过？"

"你从过道走的时候我刚好在那儿。"

"这么巧！"K刚才还觉得这人很搞笑，现在却完全被吸引住了，"这么说，你看见我了！我从过道走的时候，你也在那儿。不错，我是从过道走过一次。"商人说："这不是什么巧合，我差不多每天都要去。"K说："可能我以后也要经常去了，不过大概不会再受到那么隆重的接待了，当时大家都站起来了，我想你们肯定把我当成法官了吧。"商人说："不是，我们站起来是因为门房。我们知道你也是被告，这种消息传得还不快吗？"K说："这么说，那时候你们就知道了，你们可能觉得我是个有权有势的人物吧？没有人议论吗？"商人说："你的评价不错，不过，全是胡扯的。"K问："为什么是胡扯的？"商人有点儿生气了："问那么多干吗？看来，你还是不了解那儿的人，或者是有什么误解。要记住，在这些法院里，所有的事情都会被提出来讨论，那些讨论特别荒谬。人累的时候，再也不能集中精力思考的时候，就会开始迷信，我也不能免俗。他们说，能从人的面相上，尤其是嘴唇的线条上看出他案子的结果。比如，他们说，根据你的唇部动作，他们判断你会在不久的将来被定罪。但我可以告诉你，这种想法特别愚蠢，在很多情况下，事实并非如此。但如果你待在这群人中间，就很难不受其影响。因为大多数人都信，你简直难以想象，他们会迷信成什么样儿。你当时对一个人说过话，是不是？他话都说不利索。人一到那儿就变得糊涂了，原因当然很多，有一个原因是他看到你的嘴唇受了刺激。他后来说，看到你的嘴唇，他发现自己可能要被定罪。"

"我的嘴唇？"K从口袋里掏出一面小镜子，仔细地研究起自己的嘴唇，"我怎么看不出来？你能看出来吗？"商人说："我也看不出来，一点儿也看不出来。"K 大声说："那些人也太迷信了吧！"商人说："我不是告诉过你了吗？"K 问："那他们大概会经常见面交流吧？我没和他们打过交道。"商人说："一般不来往，他们也不太可能经常见面，人太多了。而且，他们也没有什么共同利益，有些人偶尔会觉得他们的利益一致，但很快就会发现自己搞错了，他们又不能统一行动反对法院。每一个案子都是单独审，法院在这一点上毫不含糊，所以也别谈什么共同行动了。极少数人可能在哪儿有些秘密进展，其他人也只是事后才略知一二，谁也不知道究竟是怎么回事，所以没法统一行动，虽然在过道里经常见面，但也很少交流。迷信是个古老的传统，自然而然就扩散开了。"K 说："我看见了过道里所有的人，他们在那儿闲逛有什么用？"布劳克说："还是有用的，真正没用的是只靠着一种方法。我已经说了，我还有五位律师，你可能会想——我也这么想过——我可以放心地把案子交给别人，不用管这件案子了。你要这么想就错了，你得更关注它才行，你不明白为什么要这样，是吧？"

"是的。"K 伸出手按在那人手上，"说慢点儿，这些事对我来说很重要，我跟不上你的速度。"商人说："很高兴你提醒了我，当然可以，你是新来的，对这种事儿还缺乏经验。你的案子才六个月，对不对？没错，我听说过，六个月时间太短了！我都考虑过不知道多少遍了，这都成了我的生活习惯了。"

"你的案子能进展到这一步，你肯定特别感恩。"K不想直接打听商人的案子怎么样了，商人也没有直接回答他，而是低下头："不错，这个案子压了我五年了，不是件小事。"他沉默了一会儿，K在仔细听莱尼是不是回来了。一方面，他不想莱尼在这时候进来，他还有很多要问商人的。他不想让她看见他和商人在诚恳地交谈。另一方面，他又很烦，莱尼明明知道他在这儿，还在律师身边待那么久，送一碗汤而已，需要这么长时间吗？商人又说："我还能清楚地记得刚开始的情况……"K立刻全神贯注地听着。"当时，我的案子跟你现在差不多，也是这个阶段。那时，我就这么一个律师，我对他不太满意。"

　　"现在我能把一切都搞清楚了。"K想着，亲切地点头，好像这样做就能鼓励商人把一切都说出来。布劳克接着说："当时，我的案子一点儿进展也没有，开过几次庭，每次都出庭受审，我搜集了证据，还把账册都送到法院去，后来发现完全没有必要。我常到律师这儿来，他交过好几份申诉书——"K问："好几份申诉书？"布劳克说："嗯，是的。"K说："这对我来说很重要，因为他正为我的案子准备第一份申诉书呢，到现在什么都没写出来，我现在才明白他对我有多不上心，太可恶了。"布劳克说："申诉书没写好，可能他也有一些充分的理由。实话跟你说吧，我那些申诉书后来几乎都没什么用。幸亏有个法官好心，让我看过其中的一份。写得很深奥，但是很空洞。开头是一句拉丁文，我看不懂，然后是满满几页的普通申诉，接着吹捧了某些法官，虽然没说是谁，但内行人一看就知道夸的是谁，再然后是律师的自我吹嘘，同时又奉承法院，最后是分析几个以往的相似案例。据我了解，我也得承认，这些分析写得细致、精辟。我不是在评价律师的工作，那不过是其中的一部分而已，这样的申诉书多了去了。不过，反正我的案子没什么进展，我就想说这个。"K问："你希望看到什么进展？"商人笑着说："问得好。这些案子很难有明显的进展，但我当时不明白。我是商人，当时我比现在更像个商人，我只想看到结果。我想，要么赶紧结束，要么按正常途径转入下一级，可是却只有一次又一次形式主义的审讯，内容都差不多，我都可以像念主祷文一样回答了。法院的人每星期都要到我的商行、家里或是任何能找到我的地方找我好几次，这很讨厌。但现在好多了，打电话我还没那么烦。还有，关于我案子的谣言传得到处都是，我的生意伙伴知道了，连亲戚们都知道了，我的生活受到了很大困扰，但法院却没有任何要审案子的意思。所以我来找律师，跟他说我的不满，他听我发泄了一通，却拒绝按我说的办。他说谁也不能催法院，在申诉书里写这样的要求——我想让他这样做——是闻所未闻的，只会毁了我也毁了他。我想，他不愿做和不能做的事肯定有别的有能力的律师愿意做，所以我就去找其他律师。我跟你说，哪个律师也没有帮我请求过法院让他们确定什么时候审我的案子，这些人也没努力争取过。——有个例外，等会儿我再跟你说。这位律师其实并没有耽误我，但我也不后悔找了其他律师。我想，霍尔德律师应该已经跟你讲了很多关于辩护员的事了，他肯定把他们贬得一文不值，从某种意义上来说，他们的确如此。但是他做比较的时候总会犯一个小错误，顺便提醒你一下。他总把自己圈子里的律师称为'大律师'，其实不然，哪个人高兴的话，都可以在自己的头衔前面加个'大'字，但这应该由法院来定。除了不学无术的律师，大大小小的律师法院都承认，按照法院的传统，我们的律师和他的同事都是小律师，真正的大律师我只是听说过从来没见过，他们比小律师地位高，就像小律师比这些辩护员地位高。"K问："真正的大律师？都是些什么人？怎么才能找到他们？"布劳克说："所以你没听说过他们？被告听说大律师的事后，总会天天盼着能见到他们，只有一个例外。不过，你可别上当，我不知道谁是大律师，我也不相信我能找到他们，我也不知道他们是否真的打过什么官司。因为他们高兴的时候才会出庭辩护，除非他们自己愿意，除此之外基本不辩护。而且，估计案子超出低级法院的审理权限时，他们才有可能辩护。所以，最好忘记这些大律师的存在，不然，听着那些普通律师说出的那些谨慎的建议会觉得味同嚼蜡，特别愚蠢——我有过亲身体会。所以，他们干脆什么都不想，上床睡觉，这样做更愚蠢，上床也睡不好。"K说："你当时没想过去找大律师吗？"布劳克笑了笑："有一段时间想过，作为被告，到底还是对大律师抱有一丝幻想，尤其是夜里。不过当时我需要立刻看到效果，所以就去找那些辩护员了。"

"你们俩挨那么近！"莱尼端着汤碗回来了，正站在门口。他们确实紧挨在一起，头一动就会碰到一起。小个子布劳克坐在那儿，身体前倾，声音很小，K只好俯下身去，才能听见他说的话。"让我们俩安静地待会儿。"K大声地让莱尼走开，他的手依然放在商人手上，他因愤怒而发抖。商人对莱尼说："他让我跟他说说我的案子。"

"好，你接着跟他说吧。"她对布劳克讲话时，语气温和又傲慢，K觉得很不高兴。K已经发现，商人有某种价值，他有自己的经验，知道怎样向别人介绍这些经验，可能莱尼还没发现他的价值。更令K不高兴的是莱尼拿走了商人一直握在手里的蜡烛，用围裙擦干他的手，还俯下身去刮掉他裤子上的蜡烛油。"你刚才说到你去找那些辩护员了。"K默默地把莱尼的手推开。"你干吗呀？"她轻轻地拍了K一下，然后继续刮商人裤子上的蜡烛油。"是的，我去找辩护员了。"布劳克用手抚着额头，像是在回想。K想帮帮他，又说："你当时需要立刻看见效果，就去找辩护员了。"

"对。"布劳克说，但没有往下说。"他大概是不愿当着莱尼的面说。"K想，于是就克制住自己没有再催。

K转向莱尼："你跟他说了吗？"她说："当然了，律师在等你呢。你让布劳克自己待会儿吧，等会儿再找他聊，他一直在这儿。"K仍在犹豫："你一直在这儿吗？"他想让商人自己回答，不想让莱尼替他说，因为她说的时候只顾着自己，好像那人根本不存在一样。K今天不知怎么回事很生莱尼的气，可是，开口的又是莱尼："他常在这儿睡觉。"K叫起来："在这儿睡觉？"他原本以为商人会等他回来然后一起离开这儿，找个地方私下聊聊这件事。莱尼说："是啊，你以为谁都像你啊，约瑟夫，爱什么时候来就什么时候来。你甚至觉得，半夜十一点来见律师这样的病人他也该答应，你都不觉得这有什么奇怪的，你以为朋友为你做的一切都是理所当然的。确实，你的朋友们，至少是我，愿意帮你。我不要你感谢我，我不需要任何人的感谢，我只希望你能喜欢我。"

"喜欢你？"K的脑海里出现了这几个字，他想了想，"我是喜欢她的。"不过，他没搭腔，只是说："他答应见我是因为我是他的委托人，我要找律师谈一次话，还需要其他人帮忙，那我谢得过来吗？"莱尼对商人说："他今天真难缠，对不对？"

"现在换我坐冷板凳了，她只跟他说话，好像没我这个人似的。"K想着，同时也对商人发火，因为商人的说话方式也像莱尼一样没礼貌。"不过，律师答应见他还有其他理由，他的案子比我的案子有意思。而且，他的案子刚开始，可能还有希望，所以律师愿意过问。以后你就知道了，这两个案子不一样。"

"不错，不错。"莱尼看着商人笑了笑，"你真会说话！"这时，她转而对 K 说："他说的话，你一个字也别相信。他倒是个好人，就是话太多。可能就是因为这个，律师才受不了他的。所以，除非律师心情特别好，否则从来不见他。我在尽量想办法帮他，可是没用。你想想，我有几次对律师说，布劳克在这儿呢，律师却过了三天才见他。如果律师想见他的时候他不在，就白白浪费了一次机会，我就又得重新为他通报。所以，我得让布劳克睡在这儿。有时，律师的想法还会改变。有一次，他发现布劳克在等他，可是他拒绝见。"K 瞥了商人一眼，带着询问的目光。商人点点头，坦率又略带不安地说："是啊，随着时间的推移，越来越离不开律师。"莱尼说："他不过是无病呻吟，他经常跟我说他喜欢睡在这儿。"莱尼走向一扇小门推开，"你想看看他的卧室吗？"K 跟着她，从门口看了一眼：天花板很低，没有窗户，只能放一张床，要上床就得爬过床架。床头的墙上有个洞，里面有一根蜡烛、一个墨水瓶、一支笔。东西都整整齐齐地摆在一沓文件旁边——可能是和案子有关的文件。K 转头问商人："你睡在女仆的房间里？"商人说："是莱尼让我睡在这儿的，这儿很方便。"K 注视了他很久，他给 K 留下的第一印象还不错，经验丰富，这是肯定的，因为他的案子已经拖了好几年。为了这些经验，他却付出高昂的代价，K 突然觉得无法忍受他的样子。"让他上床去吧。"K 对莱尼喊道。她好像没听懂他的意思，其实，他是想摆脱律师，也摆脱莱尼和商人，让他们从自己的生活里消失。但布劳克走到卧室门口低声对 K 说："K 先生。"K 生气地转过身来。商人说："你忘了，你答应过我的。"他朝 K 伸出手，像是在哀求，"你得告诉我你的秘密。"

"对。"K 看了莱尼一眼，莱尼正全神贯注地看着他，"好吧，你听着，不过现在，这不是什么秘密了。我要到律师那儿去，把他解雇了，不让他再过问我的案子。"

"解雇他！"商人惊讶地从椅子上跳起来，举起双手，在厨房里快速跑了一圈，边跑边喊，"他要解雇律师！"莱尼抓住 K 的胳膊，布劳克却把她拉开，她举起拳头打布劳克，她握拳去追 K，K 却已经走远了。她刚要追上，K 却一步迈进律师的房间，打算随手把门关上，但是莱尼从门缝里插进一只脚，伸出手抓住他的胳膊把他往后拽。K 使劲捏着莱尼的手腕，她"哎哟"了一声，不得不松开手，莱尼不敢硬挤进屋，K 转动钥匙把门锁上了。

"我等你好久了。"律师正在床上就着蜡烛读一份文件，他把文件放在桌上，戴上眼镜看着 K。K 没有歉意："我不会占用你很多时间了。"这不是道歉，所以律师没有理会，他说："下次再这么晚来找我，我就不见你了。"K 说："我也这么想。"律师疑虑地看了他一眼："坐下。"

"既然你让我坐下，我就坐下。"K 拉过一把椅子，放在床头柜旁边，就坐下了。律师说："我好像听见你把门锁上了。"K 说：

"是的，因为莱尼。"他不想包庇任何人。律师又问："她又缠着你啦？"K反问："缠着我？"

"是啊。"律师抿嘴轻笑，咳嗽了一下，咳完又轻声笑起来，"你一定已经发现她在缠着你了，对不对？"律师拍拍K的手，K刚才心烦，无意中把手放在床头柜上，赶紧缩了回来。K急忙说："不必太在意这个。"律师接着说："那就好，否则我就要为她道歉了，这是她的癖好，我早就原谅她了，你要是不把门锁上，我也不想再提。本来，我不想和你说的，看你这么困惑，还是和你说一下。她有一个癖好，觉得所有的被告都很可爱，每个被告她都追求，她都爱，他们也爱她。我同意的时候，她就常把这些事告诉我，让我开心。看来你很惊讶，如果你在这方面眼力不错，你也会发现，被告往往是可爱的，这是个值得注意的现象，可以说是一条自然规律。一个人被起诉以后，外貌并不会立即发生明显的变化。这些案子和普通的刑事案件不一样，大部分人还能继续日常生活，如果有个好律师，他们的利益不会受到多大损害。不过，有经验的人能从人群中把所有的被告都认出来。他们是怎么认出来的？你肯定要问。恐怕答案不会让你满意，他们能认出来是因为被告总是很可爱，不是罪行使他们变可爱了，而是因为——我是个律师，应该说说我真实的看法——他们并非都有罪。也不是后来的刑罚让他们变可爱了，因为不是所有人都会受罚。所以，肯定是因为控告让他们变可爱了，当然，有的人比其他人更可爱。不过总的来说，他们都很可爱，连那个叫布劳克的可怜虫也一样。"

律师说完以后，K 已经完全镇静了下来，还点了几次头，似乎律师讲的最后几句话他完全赞同。不过，实际上他认为自己的看法更有道理，律师总想讲一些泛泛的大道理，就像这次一样，转移他的注意力。他关注的问题是，律师到底做了多少工作来帮他打赢官司？律师停下让 K 说话，他或许已经意识到了 K 今天比往常更加咄咄逼人，见 K 仍不说话，律师问："你今晚到这儿来，是有什么特别的事吗？"

"有。"K 伸手遮住烛光，好把律师看得更清楚些，"我是来告诉你，从今天起，我不需要你打理我的案子了。"

"我没听错吧？"律师一手撑在枕头上，微微起身。

"希望你没听错。"K 坐得笔直，似乎在戒备什么。律师沉默了一会儿："好吧，这个想法，我们可以讨论一下。"K 说："这不是想法，而是决定。"律师说："就算是吧，不过我们不着急。"他用"我们"这个词，似乎是不想让 K 离开他，如果实在不能当 K 的正式代理律师，至少可以给 K 出出主意。"我不是匆忙做的决定，"K 慢慢起身，退到椅子后面，"我考虑清楚了，考虑的时间够久了，这是我最后的决定。"

"既然这样，那让我说两句。"律师踢开鸭绒被坐在床边，他腿上的白色汗毛很稀疏，由于没穿裤子，他一直冷得发抖，他请

199

K把沙发上的毛毯递给他。K拿起毯子："你没必要这么冻着。"

"有必要。"律师把被子披在肩上，用毯子裹着腿，"你叔叔是我朋友，我也慢慢喜欢上你了。我坦白承认，这没什么难为情的。"K不愿听这老头说这些，这样的话，他就不能把话挑明了，他可是想说清楚的，此外，他也承认，虽然律师的话改变不了他的决定，却也使他很尴尬。K说："谢谢你对我这么好，为我好，你尽力了，我很欣赏。不过，我最近逐渐明白，不能光靠你一个人努力。你比我年长，比我有经验，我不该强迫你接受我的想法。如果给你这种印象，请一定原谅我。可是——用你的话说——我有必要这么做。我相信，就我目前这个案子，我应该更进取一些。"律师说："我理解，你没有耐心了。"

"我没有。"K有点儿烦，"我第一次跟叔叔来的时候，你就应该发现我没把这案子当回事，如果没人强迫我想起它，可以说，我早就忘得一干二净了。但我叔叔坚持让我请你做我的代理人，为了让他高兴，我也就这么做了。那时，我当然希望我的压力能减轻一些，因为聘请律师就是要与律师共同分担压力，但事实却并非如此。自从我请你做了我的代理人，我反而更加苦恼了。在我没请律师的时候，我什么事也不想干，但我几乎什么也不操心，请了律师后，我觉得一切都准备好了，等着就行了。我天天等你的进展，等得我心急如焚，但你却什么都没做。我承认，你跟我说了很多法院的事，可能别处确实听不到，可这种帮助远远不够，案子正在折磨我让我难受。"K把椅子推到一边，双手插在口袋里站起来。律师平静地低声说："案子到了一定阶段，就不会有什么新鲜的东西了。我也有很多像你一样的委托人，到了一定的阶段，就跑到我面前，有同样的想法，说着同样的话！"K说："好吧！那只能说明他们也和我一样不是无缘无故跑来的，并不能说我就是错的。"律师说："我没说你是错的，我只想补充一句，希望你比其他人理智一点儿，尤其是法院的活动还有我的做法。我对你说的比对别人说的多多了，我现在发现，即使我这样对你，你还是不信任我，还是要给我惹麻烦。"此时，律师在K面前十分谦恭，完全不考虑自己的职业尊严。在这种时候，职业尊严最容易受损害。他为什么要这样呢？如果如人们所说，他是个有钱的律师，委托人很多，那失去K一个委托人也算不了什么，何况他身体有恙，应该想到，少接几个委托人是明智的。可是他却抓住K紧紧不放！为什么？因为他和K的叔叔私交甚笃？还是因为他真的觉得这个案子很特殊，他可以为K辩护，和法院的朋友搞好关系借此提高自己的名声？这种可能性是不能排除的。K仔细打量他的脸，却什么都没发现。K几乎可以认为律师是故意沉下脸来，想看看K的反应。然而，律师显然以为K不说话，是把他的话听进去了，就接着说："你大概也发现了，我的办公室虽大，却没有助手。前几年，还有几个学法律的年轻学生在这儿工作，不过现在就我一个人了。我这么做，一方面是因为业务变了，渐渐地，我就只打你这类官司了，另一方面是因为我逐渐形成了一种观念，我发现我不能把案子交给别人，不然我的委托人就会蒙受不白之冤，这样我所有的努力就都可能付诸东流。所以，自然就出现了这样的后果：大部分案子我都是不接的，只接那些和我关系密切的案子。我可以告诉你，我家附近就有不少可怜虫，即使我给他们介绍一个垃圾的律师，他们也会赶紧找上门去。由于工作太紧张，我把身体搞垮了，不过我不后悔。也许我应该更果断一些，少接一点儿案子，而更专注于我接的那些案子。事实证明，这很有必要，也很有道理。我曾经读过一篇出色的文章，介绍两类律师的区别：一类律师只过问一般的法律问题，另一类律师过问你们这样的案子。两者的区别在于：前者手里拿着一条细线，牵着他的委托人走，一直到做出判决；后者一开始就背着委托人走，从不把他放下，一直背到做出判决，甚至背到判决以后。确实如此，但是，如果我说，这么重的担子我从来没后悔过，那也不是假话。比如说你的案子，我的努力完全被误解了，只有到这个时候，我才有点儿后悔。"律师的这番话并没有说服 K，而是让他更加不耐烦。律师讲话的口气在提醒他：一旦让步，以前那些陈词滥调又会重复一遍，律师会再次介绍申诉书的进展，某些法官的态度多好，还会劝他别忘了这件事儿有多难——总之，那套陈词滥调又会出来，给他一个渺茫的希望或者虚幻的威胁，继续折磨他。不能再这样下去了，应该做个了断了。所以他说:"如果我仍然请你做我的代理人,你打算采取什么措施?"对这个挑衅的问题,律师居然也忍了下来:"继续我已经采取的那些措施。"K说:"果然,好吧,再谈下去就是浪费时间。"

"我再试试,"好像有错的是K,而不是他,"我认为你对我的评价是错的,你平常的表现也不太对劲,这都是纵容的。你是被告还受到这么好的待遇,换句话说,他们太纵容你了,虽然是表面的纵容。当然,他们这么做是有原因的,被告戴上镣铐的时候,往往会感到更安全。不过,我得让你看看其他被告是什么待遇,你或许能从中学到点儿东西。我现在就把布劳克叫来,你最好去把门打开,然后坐这儿,坐床头柜旁边。"

"好吧。"K听了律师的话,他向来好学。不过,他又谨慎地问了一句:"你知道我要解雇你吗?"律师说:"知道,不过如果你想改变主意的话,还来得及。"他重新躺到床上,盖上毯子,一直盖到下巴上,然后转过身去,面朝墙躺着。接着,他按了铃。

莱尼几乎是瞬间就出现在眼前,她匆匆看了几眼,想知道发生了什么。她看见K安安静静地坐在律师床边后,似乎放心了。她笑着朝K点点头,K只是毫无表情地看着她。律师说:"把布劳克叫来。"莱尼却没有出去,而是走到门口,喊了一声:"布劳克!律师叫你!"然后,可能是因为律师面朝着墙,没注意她,她便悄悄走到 K 背后，靠着椅子背，身子前倾，伸出手温柔地拨弄 K 的头发，摸他的太阳穴，导致他一直精神萎靡。最后，K 只好抓住她的手让她别再摸，她反抗了一阵后不得不屈服。

布劳克立刻就答应了，走到门口时，他却犹豫了，不知道该不该进去。他睁大眼睛，抬起头，似乎盼着有人叫他第二遍。K 本想叫布劳克进来，但他已经决定和律师家里的所有人都断绝关系，所以他就没说话。莱尼也没说话，布劳克发现起码没人要赶他走，他就小心翼翼地进屋，神色慌张，双手放在背后，也没关门，方便随时出去。他也顾不得看 K 了，只看着那条毯子。律师盖着毯子，缩在毯子里面，所以他看不到律师。床上传来一个声音："是布劳克吗？"布劳克听到这个声音，像是被人打了一下，不由得跟跟跄跄地走了几步，似乎胸前刚挨了一拳，后背又被打了一下。他深深地鞠了个躬，双脚站定："您有什么吩咐吗？"律师说："你来干什么？你来得不是时候。"

"不是说有人叫我吗？"布劳克与其说是在跟律师说话，不如说是在自言自语。他伸出双手，好像在护着自己，准备随时溜出门去。律师说："是有人叫你来，不过，反正你来得不是时候。"律师停了一会儿，又补充了一句，"你总是来得不是时候。"自从律师开始说话，布劳克便把目光从床上移开，凝视着屋角。他只是听着律师的声音，却不想看到律师，大概看到会头晕吧。不过，他听律师讲话也有困难，因为律师脸贴着墙，声音又轻，说得又快。布劳克问："你希望我离开吗？"律师说："来都来了，就待在这吧！"布劳克浑身发抖，不知道的人还以为是律师没满足布劳克的愿望威胁要打他一顿呢。律师说："昨天我见到了我的朋友——第三法官，我们谈到了你的案子，你想知道他说了什么吗？"布劳克说："噢，当然想了。"律师没有马上回答，布劳克又求了他一次，看来是准备跪在他面前。K 却大声说："你这是干什么？"莱尼试图堵住他的嘴不让他嚷嚷，于是 K 把她的另一只手也抓住了。他抓住她的手，可不是什么爱抚的动作，她叫着想竭力挣脱，K 一生气，倒霉的却是布劳克。律师突然问他："你的律师是谁？"布劳克说："是您。"律师问："除了我以外还有谁？"布劳克说："除了您以外，没有别人。"律师说："那你就别理会别人。"布劳克立刻了然，他狠狠地瞪了 K 一眼，朝 K 使劲摇头。如果把这些动作换成语言，肯定是一顿臭骂。K 竟然想和这个人一起好好谈谈自己的案子！"我决不会插嘴了。"K 的身子往后一仰，靠着椅子背，"你想下跪也好，在地上爬一圈也好，只要你高兴，我再也不多嘴了。"而布劳克还有点儿自尊心，至少在 K 面前如此。他走到 K 面前，当着律师的面，勇敢地挥着拳头："不许你这么跟我说话，不许你这么做。你侮辱我干吗？当着律师的面，你也敢这么做，什么意思？他让我们都来，只是可怜我们。你也比我好不到哪儿去，你也是个被告，和我一样，在吃官司。如果你还是个绅士，我告诉你，我也是个绅士，名气也不比你小。你对我说话客气点儿，有点儿绅士的样子。如果你觉得自己可以舒舒服服地坐在这儿，你就高我一等，可以看着我在地上爬——你的原话——那就容我提醒你一句，常言道：被怀疑的人最好多动，别待着不动，因为待着不动，人们可能会觉得他真有罪，然而他自己还蒙在鼓里。"K 无言以对，只是目瞪口呆地看着这个疯子。这么短的时间里，他怎么变成这样了？他是不是对案子太着急了，着急到敌友不分了？他难道没发现律师在肆意地侮辱他吗？这会儿律师没什么别的目的，只是想在 K 面前显显威风。此外，他也许也想让 K 像商人一样默认他的权力。然而，如果布劳克连这都看不出来，那他又怎么能精明到骗得过律师？或者是他太害怕律师了，假装没看出来？他居然否认找过其他律师，明知道 K 可能会揭穿他，又为何会鲁莽到出言攻击 K？他的鲁莽逐步升级，居然走到律师床前，埋怨起 K 来了："霍尔德律师，您听见这家伙的话了吗？他的案子才多久，我的案子都多久了？都五年了，他却大言不惭地要给我出主意，他还骂我，他什么都不懂还骂我，我可是很努力地研究过社会义务、社会公德和社会传统的。"律师说："别管其他人，自己觉得怎么对就怎么来。"

"一定照办。"布劳克好像忽然有了信心，匆匆向旁边看了一眼，紧挨着床跪下，"我跪下了，霍尔德律师。"然而，律师却没有回答。布劳克伸出一只手，小心翼翼地摸着毯子，屋内一片静

206

寂。莱尼挣脱了 K："你弄疼我了，松手，我要去布劳克那儿。"她走过去坐在床边上，布劳克看见她很高兴，他频频打手势求莱尼在律师面前为他说说情。显然，他想从律师那里获取一些消息，可能他只是想听完以后去告诉其他律师让他们参考一下。莱尼似乎非常清楚怎样才能让律师开心，她指着律师的手，嘟着嘴唇，做出吻手的动作。布劳克赶紧去吻律师的手，莱尼提醒他，他又吻了两次，但律师一直不理他。莱尼就俯身靠近律师的脸，用手摆弄着他灰白的头发。律师终于开口了："我在犹豫要不要告诉他。"他摇了摇头，似乎在享受莱尼的抚摸。布劳克低头听着，仿佛有一种罪恶感。莱尼问："为什么犹豫呢？"K 觉得，这段对话太熟悉了，以前就经常听到，以后也会经常出现，也就布劳克不嫌烦。律师没回答，反问道："他今天表现如何？"

莱尼低头看了布劳克一会儿，他十指交叉，静静地恳求莱尼。莱尼慢慢点了点头，转过去说："话不多，很勤快。"商人都这么大年纪了，头发胡子都白了，还得求一个年轻女孩为自己说好话！也许他这么做有他的理由，但这件事要是传到朋友耳中，他还真是百口莫辩，K 无法理解律师怎么会觉得这么做他就能回心转意。不知道律师以前是怎么对布劳克的，也许还有少许尊重，但今天他是完全没把布劳克当人看，旁边的人看了都觉得丢人。原来这就是律师的手段！K 感到庆幸，好在自己还未长期受其荼毒。这样看来，再想想律师跟他说的话，事情的结果其实是这样：委托人最后什么都不记得了，只是沿着一条错误的道路蹒跚地走下去，直到结案。委托人已经不再是委托人了，而是律师的一条狗，如果律师让他钻到床下学狗叫，像是钻狗窝一样，他肯定也会欣然从命。K把自己看成一个旁观者，仿佛自己的任务就是关注事态进展，然后整理成书面材料向上级汇报。律师又问："他每天都在干什么？"莱尼说："我让他待在女佣的房间里，免得妨碍我干活儿，他一般都待在那儿，我会从门上的通风孔看看他到底在干什么。你借给他的文件他都是摆在窗台上，自己跪在床上看那些文件。窗户外面是小天井，没多少阳光，他还能专心地看文件。我对他印象挺好的，你让他做的事他都在认真地做。"律师说："听你这么说，我很高兴。不过，那些文件，他能理解吗？"布劳克的嘴唇一直在动，显然是在默默回答律师的问题，他希望莱尼能帮他告诉律师。莱尼说："这个，应该能吧，我也不是很确定，不过他看得很仔细，每天就看一页，还一行一行地用手指着看。每次看他的时候，他都在叹气，可能文件太难懂了，太深奥了。"律师说："是啊，那些文件是挺深奥的，我也没指望他能读懂。我让他看只是想让他知道我为他辩护有多不容易，这是个艰苦的工作，我这么辛苦都是为了谁？当然是为了他了，他应该明白这一点。那他看文件的时候，中间也不停顿？"莱尼说："几乎没停过，只有一次问我要水喝，我从通风孔给他递了点儿水。大约八点的时候，我又让他出来吃了点儿东西。"布劳克看了 K 一眼，仿佛希望 K 也深受感动。他感到自己似乎又有希望了，动作也没那么拘谨了，还动了动膝盖。不过，律师的话显然又让他恐惧起来："你在夸奖他，那我就更为难了，因为法官说的话对他不利。"莱尼问："不利？怎么会这样呢？"布劳克一直看着莱尼，似乎相信莱尼有一种魔力，能让法官说出对自己有利的话来。律师说："嗯，不利，他都不想让我提这个人。他说，别提布劳克。我说，可是他是我的委托人哪。他说，那你是在为他浪费时间。我说，我觉得他的案子还是有希望的。他说，算了吧，你就是在浪费精力。我说，我不信，布劳克特别关心自己的案子，他全心全意地在努力，为了及时了解情况，几乎天天住在我家里。这样的人很少，虽然他这个人又粗俗又脏兮兮的，不过他是个无可挑剔的委托人。我当时说'他无可挑剔'，当然是夸大了，故意帮他说好话。法官听了以后说，他就是个老油条，经验丰富，知道怎么拖延时间，不过，老练有什么用，能抵消他的无知吗？他要是发现他的案子还没开始审，他会作何反应？——冷静点儿，别动，布劳克。"因为布劳克双腿发抖站了起来，显然想求律师解释一下，这是律师第一次直接对布劳克说话。律师双目呆滞往下看去，像是在看布劳克，又像是没在看他。布劳克慢慢蹲下，重新跪好。律师说："法官说的这些，对你来说没什么意义，不要大惊小怪的，你要是再这样，我就什么都不告诉你了。我一说话，你就这么看着我，好像你的案子已经判了似的。

当着我其他委托人的面，你不觉得丢人吗？你这样做，他还能信任我吗？你怎么了？你还活着呢，我还在保护你。你害怕是可以理解的，你肯定也听说过，可能某个人随便说了一句话，另一个人就被定罪了，这是真事，虽然可能有些东西你们不知道。不过，同样的事，你这么害怕，我就很烦，你这是不信任我吗？我不过是把法官说的原封不动地告诉了你而已。你也知道，这种事向来都是意见不统一的。比如，这个法官觉得审判是明天开始的，我可能认为是今天开始的，意见不统一罢了。按照古老的传统，案子到一定阶段就得摇铃，法官们觉得这时案子才算正式开始审了。反对这种意见的观点我就不一一说给你听了，你听了也不明白。总之，有很多人不同意这种观点。"布莱克很担忧，开始揪兽毛地毯上的毛。他听了很害怕，只顾着想事情，忘了听律师的命令了，他翻来覆去地想到底这些话是什么意思。"布劳克，"莱尼语带警告地抓起布劳克的衣领，往上拉了他一下，"别动地毯，专心听律师说话。"

第九章

在教堂里

银行来了位很有影响力的意大利客户，K负责接待他，陪他参观城里的艺术品和历史古迹。如果是以前，K会把这看成一种荣誉，但现在，他需要竭力保住自己在银行的名声，所以不太愿意接这个工作。因为不在银行的每一个小时对他来说都是一次审判。当然，他已经不能像之前那样充分利用上班时间了。他只是装作在忙，其实是在浪费时间。可是，他不在办公桌前坐着就更难受。他脑海中浮现出副主任的形象。副主任一直在监视他，每隔一会儿就偷偷跑进他的办公室，坐在桌前翻他的档案，接待K多年来积累的顾客人脉，可能还给他的工作挑毛病。K知道自己工作老是出错，还面临着威胁，但他却没有办法了。所以，此时给他安排这个任务，他肯定就怀疑这是个阴谋了。这些人是想把他支开查他的工作，起码他们能证明办公室少了他也照样转。巧的是，他最近常常接到这样的任务。他本可以轻易推掉大部分，但他不敢，因为就算他的怀疑不是真的，拒绝出差别人也会觉得他心里有鬼。因此，即使要冒着寒风在秋日的雨天里出差两天，他也毫无怨言。但让他头疼的是，他刚回来，又派他第二天陪同意大利商业伙伴。他一度想拒绝，尤其是这和他的工作并没有直接联系，这是向商业伙伴应尽的社会责任。虽然也很重要，但K很清楚，想保住现在的位置，需要的是工作上的成功，如果工作做不好，就算这个意大利人对他很认可也没用。他可不想失去这个职位，他怕自己再也回不来。他很清楚，恐惧被自己放大了，但他还是焦虑。不过，这趟差事K想不出理由拒绝，他的意大利语虽然不是特别好，但也说得过去，尤其是K以前学过一点儿艺术史，这一点全银行的人都知道，还传得很夸张。出于某些商业原因，K还成了城市遗产保护协会的成员。据说这个意大利人是个艺术爱好者，所以，让K去陪他也是理所当然的。

第二天早晨，风雨大作。K一想到今天的工作就恼火，他七点就早早来到了办公室，这样在访客到来之前，至少他还能工作一会儿。他半个晚上都在研究一本意大利的语法书，因此，他基本上是做好准备了，但是非常疲惫。对他来说，窗户都比办公桌更有吸引力，他经常在窗边坐到很晚。他刚刚开始坐下来工作，助手进来报告说，主任让他去一下接待室，因为意大利的客人已经到了。K说："我这就去。"他口袋里装了本小辞典，胳膊下夹了份城市导游画册，画册是他平时收集准备的。然后，K进了副主任办公室，经由那里再去主任办公室。K很高兴，他来得早，立刻就能开始工作，没有人真觉得他能来这么早。当然，副主任办公室还是空的，跟半夜的时候一样。可能助手也接到命令去找他了，但他不在。K进了接待室，有两个人从深色扶手椅上站起来。主任亲切地冲K笑了一下，K来了他显然很开心。主任立刻向意大利人介绍了K，意大利人热情地跟K握手，开玩笑他真是只早起的鸟儿。K并不是很理解这句话的意思。因此，K想了一会儿，用温和的短语回答了一下，意大利人又大笑着接受了，反复紧张地用手捋着自己那灰蓝的大胡子。胡子显然是喷过香水的，几乎在诱惑别人靠近闻一闻。他们开始坐下聊天，K忽然觉得惊惶失措，因为他发现自己只能听懂意大利人的只言片语。但主任不仅能听懂，还能说同样的话。K有一种预感，今天的工作会很困难。他干脆放弃听懂的念头，反正主任在这儿，主任很容易就能听懂。此刻，他皱眉看着这个意大利人，意大利人很放松，深深地坐进扶手椅里，频繁地拉一拉自己的短马甲，那马甲有棱有角。有时，他举起手来，自由地挥舞双手，试图在描述什么东西，K也不明白他在描述什么。但是，K身体前倾，一直看着那双手。K机械地看着这两个人交流，终于累得快不行了，他差点儿就直接离开了，不过他警告自己不能这么做。终于，意大利人看了看表起身了，他同主任道别后，又转向了K。他靠得那么近，K只能把椅子后撤一下才能活动。同意大利人用方言交流时，主任显然看出了 K 的焦虑，他就加了几句评论，灵活又不多嘴。事实上，他快速耐心地告诉 K 意大利人说了什么，如此一来，K 就能明白了。通过这种方式，K 了解到意大利人有几桩生意要定，因此他不想把城里的每个景点都游一遍，如果 K 同意的话，按照他最后定的计划，直接去看看大教堂就行了。

K 尽量不听他说话，而是快速记住主任的话。意大利人说，如果方便的话，两个小时之内，比如十点的时候，在大教堂见，意大利人相信自己能赶到。K 表示同意，意大利人先同主任握了握手，又同 K 握了握手，又同主任握了握手。主任和 K 跟在后面，意大利人又转身对他们说了一些话，然后就朝门口走去。K 又在主任那儿待了一会儿，主任看上去不太舒服，他说他本来打算自己去陪意大利人的，后来想了想还是让 K 去，具体什么原因主任没说。主任嘱咐 K，要是发现一开始听不懂意大利人说的话，不要着急，过一段时间就懂了，就算一直听不懂也不要紧，意大利人也不在乎，而且 K 的意大利语那么好肯定没问题。主任说完就让 K 回办公室了，K 抓紧时间查词典，找出一些参观教堂可能用得上的生词。今天真是容易上火：送文件的一个接一个，员工们都跑来问问题，他们见 K 忙着就不安地站在门口，想等他有空回答了再走。副主任也不放过机会，跑来烦他好几次，拿过他手里的词典随意翻看。门一开，就能看见前面大厅的顾客，他们焦急地向 K 点头致意，希望高层能关注自己，不过他们也不确定 K 是否会搭理他们。这么多事缠着 K，K 真是烦透了。做这些事的时候，他还得查找有用的单词、查词典、练拼写、练发音，想办法背下来。平常自己记性挺好的，怎么今天脑子不好使了呢？他生意大利人的气，都是这个意大利人给他带来这么多麻烦。他把词典塞到文件下面决定不看了，过了一会儿又觉得不妥，又气愤地把词典拿出来接着看。

九点半的时候，他正要出发，电话响了，是莱尼打的，问他早安，问他怎么样。K 匆匆道谢，说没时间跟她聊了，得赶去大教堂。莱尼问："去大教堂？"

"对，去大教堂。"莱尼说："为什么要去大教堂啊？"K 本来想简单解释几句，但还没开口，莱尼就说："他们真烦人。"这种意料之外的同情让他无法忍受，他说了两次再见。挂上电话时，自己却低声说："他们真烦人。"这话是对自己说的，也是对莱尼说的，虽然她已经听不到了。

时间不早了，估计来不及了，他赶紧叫了辆出租车。上车前，他想起了那个画册。以前一直没机会送出去，这次可以了。他把画册搁在膝头上，用手指烦躁地敲着封面。雨小多了，但天气还是阴暗湿冷，估计大教堂里能看清的东西不多，而且站在冰冷的石板上几个小时，K 的感冒肯定会加重的。

大教堂的广场空荡荡的，K 想起来，从小这个广场就让他印象深刻，因为周围的房子无论什么时候都拉着窗帘。大教堂里面也是空荡荡的，这样的天气，参观的人肯定不多。K走了两个边堂，一个戴着围巾的老妇人跪在圣母像下，虔诚地望着圣母。后来，他远远看见一个教堂的守门人一瘸一拐地走进侧墙的一扇门里消失了。K正好十点钟到，他刚走进大教堂，十点的钟声就敲响了，意大利人还没来。K到大门口等了一会儿，又冒雨绕着教堂外走了一圈，没看到意大利人的身影。主任是不是把时间搞错了？那个意大利人说的话，谁能保证一定能听懂呢？不管怎么说，起码K还得再等半小时。他累了，想坐下歇歇，于是又重新走进大教堂。台阶上有块地毡一样的东西，K把它踢到了旁边的长凳边上。他裹紧大衣，把领子竖起来，坐在教堂的长椅上。K不知道该干些什么，就拿出画册翻起来，不过没过多久他就放弃了，因为教堂里的光线越来越暗了。他抬头看了一下，连近在咫尺的边堂也无法看清楚了。

远处大三角形的蜡烛在高高的神坛上闪烁，K不敢确定之前是不是见过它们，可能是刚放上的。堂守向来是轻声走路，他们走过时，谁也不会注意。K偶然转过身，身后不远处点着另一根蜡烛，这根蜡烛又粗又长，插在廊柱上。圣烛很明亮，但是，用圣烛给中间的神像照明，效果不太好，显得小礼堂更暗了。意大利人没来，虽然不礼貌，但也算明智之举，就算来了也看不见什么，最多只能就着K手里的手电筒看看画而已。K一时好奇，就走到了旁边的小礼拜堂，上几级台阶，到矮矮的大理石围栏前，拿出手电筒，探身照了照神坛上的画。手电筒在画上来回扫荡，像是个不速之客。K首先看见的——部分是猜出的——这幅画里，边上站着个身披盔甲的骑士，身材魁梧，骑士手握剑柄，剑刃插在光秃秃的地上，地上只有两株草，骑士似乎在专心地看着什么。奇怪的是，他为什么要站在原地看，而不是走近看，也许，他的任务就是在那儿站岗？K已经很久没看画了，他一直看着这位骑士，手电筒的光让他眼酸。他拿着手电筒继续移动，照了照画的其他部分，才发现画的是基督耶稣的墓，显然是最近画的，风格很常见。他把手电筒放进口袋，回到刚才坐的地方——看来不用等那个意大利人了。不过，外面可能正在下大雨，大教堂里也不像K想的那么冷，于是他决定在里面再待一会儿。拱形的大讲坛就在他身旁，坛顶很小，上面斜架着两个金质的耶稣蒙难十字架，顶部相互交叉。外面的石雕上有叶纹，叶纹间雕着许多小天使，有的活泼，有的安静。K走到讲坛边仔细观察，石雕很精细，叶间和叶后是一个个幽黑的洞穴，黑暗似乎在这里被捉住，再也跑不掉了。K把手伸进一个石洞，碰碰石壁，他一直都不知道这里还有这么个讲坛。忽然，他发现堂守站在最近的一排长凳后面。这位堂守穿着一件宽大的黑教袍，左手拿着个鼻烟盒在看着K。K想："他想干什么？难道我很可疑吗？还是想求我施舍？"堂守看见K注意到自己，就举起右手，随便指了个方向，指间还捏着一撮鼻烟，这动作好像没什么含义。K犹豫了一会儿，堂守还是指指这儿，又指指那儿，又总是点头，强调这个动作的重要性。"他到底想干什么！"K不敢抬高声音，他掏出钱包，顺着长凳朝堂守走去，但堂守马上做出回避的动作，耸耸肩，一颠一跛地走开了。K小时候常常模仿一个骑马的人，也是这么走。K心想："这么幼稚，智力跟堂守正好匹配。我一停他就停，看我是不是还跟着他！"K暗自发笑，沿着边堂跟在堂守后面，一直走到大神坛前。老堂守总是指着一样东西，K故意不回头，这个手势不会有别的目的，只是想甩开K。最后，K不再跟着堂守了，他不想吓到这位老人，况且，万一意大利人来了，就这一个堂守，也总比没有的好。

　　K回到中堂去找那本画册，他发现唱诗班附近的石柱旁边还有一个小讲坛。这个讲坛外形简单，用没有纹理的浅色石块砌成。讲坛很小，远远看去好像是个空壁龛。布道者只能挨着石栏，退不了多远，这地方太小了。石砌的拱形坛顶也很低，也没有装饰，前面还往上翘。所以，个高的人都站不直，只能俯身靠在石栏上，这个结构的设计让布道者饱受折磨。为什么要这么设计？为什么另一个讲坛又大又华丽？似乎找不到什么可以解释的理由。

　　如果这个讲坛上没有点圣灯，K肯定不会注意到它，点圣灯，就意味着要开始布道了。现在就要礼拜吗？教堂里一个人都没有啊。K看着那段绕着石柱盘旋而上的通向讲坛的楼梯，梯面狭窄，像是石柱的装饰品，不像供人走路的楼梯。不过，楼梯底部，真有一位教士准备爬上去。K惊讶地笑了，教士扶着栏杆看着K。他冲K微微点了点头，K在胸前画了个十字，欠了欠身，这些动作他早该做了。教士缓缓地走上楼梯，他敏捷地小步迈上讲坛。他真的要布道吗？或许，那位堂守不是个傻瓜，他是故意把K引到这里来的。教堂里又没有别人，想让他来，只能用那种方法。不过，不是还有个圣母像前的老妇人吗？她也应该来听布道。真要做礼拜的话，为什么管风琴不先奏乐？管风琴没有发出任何声音，一排排长管子在黑暗中隐约可见。

K在想要不要马上离开，现在不走的话，就得到布道结束才能走，那时候去上班就太晚了。他现在也没必要再等那个意大利人了，都十一点了。可是，真的要布道吗？K自己就能代表全体会众吗？如果他只是个来参观大教堂的外地人呢？现在的情况也差不多。这么差的天气，周日上午十一点开始布道？这想法太荒谬了。那人看着和蔼可亲，皮肤黝黑，肯定是个教士。他走上讲坛，显然是要吹灭那盏灯，那就不该点的。

然而，事实并不是这样。教士看了看圣灯，把它放高一些，又慢慢转身，两手扶着石栏的棱角边缘。他就这么站着，看着四周，头却没有动。K大步退后，把胳膊撑在前面的长椅上。K不知道堂守在什么地方，但他隐约觉得，那个有点儿驼背的老人在安静地休息，因为他完成了自己的工作。此时此刻，大教堂多么安静啊！可惜K要走了，不得不打破这一派宁和。也许教士的职责就是，不管环境怎样，都要按时布道，那就让他讲吧。没人听他也可以讲，就算K听了，也不会对他有什么帮助。所以，K踮起脚慢慢离开，沿着长凳走到宽阔的中廊，没人拦着他，只有他踩地砖的声音和上方传来的回声。回声越来越多，交织在一起，变得越来越响。K往前走，有一种被遗弃的感觉。长凳这只有他一人，也许教士在看他，他没想到大教堂这么宽。他走到画册的地方，一手拿起画册，并没有停下脚步。他快要走到尽头了，正要走到门口的空地时，突然听见教士洪亮的声音在空荡荡的大教堂里回响！教士不是对会众说话，他的声音很清楚："约瑟夫·K！"

　　K大吃一惊，愣愣地看着面前的地板。他还是自由的，可以从前面不远处那扇黑色的木门那儿跑掉。不过K这样做就意味着他没听懂教士的话，或者听懂了也没当回事。但他如果转身就不自由了，这就是承认自己听懂了，表示自己愿意听从命令。如果教士继续喊他的名字，他肯定继续往前走，但他站住等了很久，再没有任何声音。他微微转头，想看看教士在干什么。教士依然静静地站在讲坛上，他也发现K转头了。K不转头，不看他的话，他们就会像小孩子一样捉迷藏。可是他转头了，教士伸出食指，示意他走近点儿。既然不能回避了，K就快速往回走——他很好奇，也想尽快结束和教士的谈话。走到前面几排时，K停下了。但教士还是觉得太远，就伸出胳膊，指了指讲坛前的一个地方。K走过去了，到了那才发现，他得仰着头才能看见教士。"你是约瑟夫·K。"教士从石栏上举起一只手，做了个手势，K不知道那是什么意思。K说："是的。"他想，以前自己告诉别人名字的时候多坦然，最近却压力倍增，很多陌生人似乎都知道他的名字了。能向不认识的人介绍自己，是多么愉快的一件事！教士把嗓门压得很低："你是被告吧。"K说："是，别人都这么说。"教士说："那我没找错人，我是狱中神父。"K说："哦。"教士说："我把你叫到这儿来，是想跟你谈谈。"K说："我不知道有这项安排，我上这儿来，是陪一个意大利人参观大教堂的。"教士说："这不是我们要讨论的重点，你手里拿的是什么？祈祷书吗？"K说："不，是介绍本市景点的画册。"教士说："放下。"K用力地把画册扔了，画册在空中打开，凌乱的画页滑落在地上。教士问："你知道你的案子很糟糕吗？"K说："我也这么想，但能做的我都做了，什么效果都没有。当然，我的第一份申诉书还没交。"教士问："你觉得结果会怎样？"K说："刚开始我觉得肯定没事，但现在我不确定了，我也不知道结果会怎样，你知道吗？"教士说："不知道，不过恐怕会很糟，他们认为你有罪。你的案子也许永远只能由低级法庭审理，不会往上转。据说，你的犯罪事实已经核实了，至少现在是这样。"K说："可我没有罪，这是个误会，哪个人有罪？我们都是普通人，都一样。"教士说："确实如此，不过，有罪的人都这么说。"K说："你也对我有偏见吗？"教士说："我没有。"K说："谢谢，可惜，跟这个案子有关那些人，他们都对我有偏见。他们甚至影响了局外人，我的处境越来越艰难了。"教士说："你不了解实情，判决不会是突然做出的，走完诉讼流程，才会做出判决。"K低下头："原来是这样。"教士说："接下来你打算怎么办？"

　　"我要争取更多的帮助。"K重新抬起头，想看看教士的反应，"我还有些办法没试过。"但教士并不赞同："你过多地寻求外部帮助，特别是从女人那儿，你不觉得那些帮助根本没用吗？"K说："你说得对，很多时候是这样，但并非总是如此。女人有很大的影响力，如果我能让我认识的那几个女人一起帮我，那我肯定能打赢官司，特别是在这个法庭上，那些人几乎都是好色之徒。预审法官只要远远看见一个女人，就会把案桌和报告统统推倒，迫不及待地跑到她跟前去。"教士把身子探出石栏，显然，他第一次感到上方拱顶的压迫。外面的天气肯定糟透了，现在教堂里一点儿微弱的亮光都没有了，一片黑暗，彩色的玻璃窗也无法照亮黑暗的墙壁。堂守开始一支支吹灭神坛上的蜡烛。K问："你生我的气吗？你可能不了解你服务的地方是个什么样的地方。"教士沉默不语。K说："这只是我的个人感受。"教士还是沉默不语。K说："我不想冒犯你。"听到这儿，教士在讲坛上大声地说："你就不能眼光放长远一点儿吗？"这是愤怒的喊声，又像是一个人看到别人摔倒时脱口而出的尖叫声。

他们沉默了很长时间，一片黑暗中，教士当然看不清 K 的模样，K 却能借着灯的亮光把教士看得很清楚。他为什么不走下讲坛？他没有布道，只是告诉 K 几件事。K 想了想，如果追查这些事情对自己只会有害而不会有什么帮助，但 K 觉得教士肯定是出于好意。如果他下来跟 K 聊聊，K 就有可能从他那儿得到完全不一样的建议。比如，他可能会告诉 K，不要过多地干涉诉讼程序，他可能会教 K 如何摆脱这些诉讼。K 承认自己近来想了很多这方面的事，如果教士知道该怎么做的话，也许他会告诉 K 的，就算他也是法庭的一分子，刚才 K 批评法庭的时候，他吼也吼过了。

K 说："你不想下来吗？你又不布道，下来吧，到我这儿来。"教士说："现在我可以下来了。"他可能后悔刚才冲 K 吼。教士从灯架上取下圣灯："我得先从远处对你说话，否则，我会容易受影响，忘记我的职责。"

K 在楼梯下等他，教士还没走下来就朝 K 伸出手。K 说："你能抽时间跟我谈谈吗？"

"当然可以，你想谈多久，我们就谈多久。"教士把圣灯交给 K 提着，他们虽然挨得很近，但教士仍保持着肃穆的神情，那似乎已经成为他性格的一部分。K 说："你对我很好。"他们一起在昏暗的中堂里走来走去。"法庭的人里面，你是个例外。你是我最信任的人，虽然我熟悉一些人，但我最信任的还是你。在你面前，我愿意畅所欲言。"教士说："不要被欺骗。"K说："我怎么会被欺骗呢？"教士说："法庭这件事，是你自己骗自己。法律的序文中，是这样描绘这种自我欺骗的：法的门前有个守门人，有个人从乡下来，来到门前要求进去，但守门人说，现在不能让他进去。乡下人想了想，又问，那过一会儿能不能进去。守门人说：'有可能，但现在不行。'大门像往常一样开着，守门人也走到一边去了，乡下人便探着身子朝门里张望。守门人发现后，笑着说：'你既然这么想进去，要不就进去试试？虽然我说过你不能进去，不过我是有权力的。我只是个低级的守门人，里面的每个房间都有守门人，越往里级别越高。比如说，我都不敢直视第三个守门人。'乡下人没想到这么困难，他原本以为法应该是任何时候任何人都能接近的。现在，他仔细地看了看守门人，守门人穿着皮外套，有大大的尖鼻子，细长而稀疏的鞑靼胡子，乡下人决定还是等他同意了再进去。守门人给他一条凳子让他坐在门口，他就在那儿坐着，日复一日，年复一年。他反复尝试希望守门人能让他进去，守门人都不耐烦了。守门人经常会问他问题，问他是从哪儿来的，还有很多其他问题。不过这些都是大人物问的那些问题，最后，他还是会告诉乡下人，自己不能放他进去。乡下人出门时带了很多东西，他拿出手头的一切贿赂守门人，再值钱的也在所不惜。守门人全都收下，每次都要说：'这个我收下，免得你觉得有什么事你该做的没做.'许多年过去了，乡下人几乎一直在观察守门人。他忘了其他的守门人，他开始觉得，这个守门人是他和法之间的唯一障碍。刚开始的几年，他大声地抱怨自己运气不好，后来他老了，只能喃喃自语。他老了，这么多年的观察，他和守门人皮领子上的跳蚤都混熟了，便请那些跳蚤帮帮忙，让守门人改变主意。最后，他视野模糊，不知是周围的世界变暗了，还是他的眼睛在欺骗他。黑暗中，他却能看见一束光源源不断地从法的大门里射出来。他活不了多久了，临死前，回想起一生的经历，他想起一个问题，他还没问过守门人。他招呼守门人到跟前来，因为他已经无力抬起僵直的身体了。守门人不得不俯下身子，听他讲话，因为他俩之间的高度差距太大，乡下人太矮了。守门人说：'你现在还想打听什么？你没有满足的时候.'乡下人说：'每个人都想见到法，可这么多年来，除了我以外，却没有一个人想见法，这是为什么？'守门人看出乡下人快死了，听力也越来越不行了，便在他耳边吼道：'除了你以外，谁也不能走这道门，这道门是专为你开的，现在，我要去把它关上了.'"

"就这样，守门人欺骗了乡下人。"K马上说，他被这个故事深深吸引了。教士说："别急着下结论，不要不假思索地就接受别人的观点。我告诉你的这个故事中，并没有提到欺骗。"K说："可是，事情已经很清楚了，你第一个解释是对的，这个信息没用的时候，守门人才告诉乡下人。"教士说："乡下人以前也没问过，别忘了，他不过是个守门人，作为守门人，他已经尽到了职责。"K问："你怎么会觉得他已经尽到了职责？他没有，他的职责应该是把其他人赶走放这个人进去，门就是为这个人开的。"教士说："你没注意听，故事不是这样的。在这个故事中，能不能见到法，守门人说了两件重要的事情，一件在开头，一件在结尾。开头他说，他现在不能放乡下人进去。结尾他说，这扇门只能让他进去。若两者矛盾，那你说得对，守门人确实欺骗了乡下人，但两者并不矛盾。相反，开头那句话还暗示了结尾那句话。几乎可以说，守门人其实越过了自己的职责给了乡下人一些未来的希望。当时，守门人的职责只是把乡下人赶走。许多人感到惊讶，他竟然暗示了乡下人，因为守门人看上去是个严格遵守规则的人。多年来，他一直在坚守岗位，直到最后一刻，他才把门关上，他非常清楚自己职务的重要性。因为他说，'我是有权力的'。他尊敬上级，因为他说，'我只是低级的守门人'。他话不多，这么多年来，他问的问题，也全都是客套。他不腐败，每次收到礼物，他都要说，'我收这些，只是怕你觉得，自己有什么该做的没做'。在履行职责的过程中，他也不生气，不接受别人的讨好。连他的外表都很古板：大大的尖鼻子，长长的稀疏的黑色鞑靼胡子。上哪儿去找这么忠于职守的守门人？不过，守门人的性格里也有一些其他特征，对那些想见到法的人来说，这些

228

特征非常有用。他暗示乡下人的时候，就表明他逾越了自己的职责。不可否认，他是个有点儿头脑简单的人，所以就有点儿自负。即使他说到自己的权力，其他守门人的权力，还有自己不敢看他们，即使这些全都是真的，他说话的方式也表明他头脑太简单了，太骄傲了，无法确切地理解别人。人们说，'对一件事情的正确理解和错误理解，并不是相互排斥的'。不管对不对，不管表现得多不明显，你都得承认他头脑简单、傲慢自大，削弱了他的工作能力，这是守门人性格中的缺陷。你也要考虑到，守门人似乎本性就是友善的，他不是一直都在扮演官员的角色。刚开始，他开了个玩笑。他说，虽然禁止乡下人入内，但他可以试试。后来，守门人也没把乡下人赶走，而是给了他一条凳子坐，让他待在门口，守门人对乡下人很有耐心。后来，在乡下人诅咒自己的命运时，守门人还阻止了他。其实，乡下人这样的命运是他自己造成的，所有这些似乎都在唤起我们的同情，不是每个守门人都会这样做的。最后，守门人听从乡下人的召唤，俯身下去，听他最后一个问题。这可不是一般的耐心——守门人知道，一切都结束了——用他的话说，'你永远不满足'。有许多人甚至进一步做出解释，觉得'你永远不满足'是一种善意的欣赏。然而，你看到的守门人形象，跟你想的可能不一样。"

"这个故事，你比我更了解，你知道得也更早。"K说。他们沉默了一会儿，然后K说："这么说，你认为那人没有受骗？"

教士说："别误解我的意思，我只是想说，不同的人对一件事有不同的看法，你不要太看重别人的看法。故事的内容是改不了的，各种观点，也无非表达一种绝望。甚至还有种观点，觉得上当的是守门人。"K说："那真是胡扯，他们怎么会认为上当的是守门人？"教士说："他们的证据是守门人头脑简单，他们说，守门人了解法的内部，只在门口走来走去。他们觉得守门人对法的认识非常幼稚，估计他是自己害怕，所以也想让乡下人害怕。其实他比那个乡下人还害怕，因为乡下人一门心思想进去，就算听说里面很可怕也还是想进去，相反，守门人不想进去，起码我们没听他说想进去。还有一些人认为他肯定已经进去过了，因为他能在门口守门，这种工作只能在里面安排，这种观点是可以反驳的，比如说，里面的人可以通过喊话的方式任命他。他也不一定进去很远，因为他都不敢看第三个守门人，而且这么多年来，守门人也只是评论了其他的守门人，从来没有跟乡下人说过里面的情况。可能不允许他这么做，但他也没说过不让他说之类的话，这一切似乎都表明他对里面的情况一无所知，所以他是被欺骗的。同时，他也被这个乡下人骗了，因为他成了这个乡下人的附属，自己却不知道。文中多处指出，守门人拿乡下人当下属对待，我想你还记得。但那些持这种观点的人认为，显然守门人才是乡下人的附属品。首先，自由人总比服侍别人的人地位要高，现在，乡下人其实是自由的，他想去哪儿就去哪儿，唯一不让他进的地方就是法的地方，而且，只有一个人阻止他——守门人。如果他拿条凳子坐在门口，这一辈子，他所做的事情，都是遵从自己的自由意志的。故事里可没说有人强迫他这么做。另一方面，守门人是别人雇来看门的，他是不能离开岗位的，似乎他也进不去，就算他想进去也不行。而且，尽管他在为法服务，也只能看守第一道门。因此，他的任务就是为乡下人服务，因为这扇门就是为乡下人开的。还有一个角度，也能说明守门人是乡下人的附属品。我们可以知道，他做这种有点儿无聊的工作已经很多年了，一个人的一生，就是为了等另一个人来，这也就意味着，守门人要等很长一段时间才能完成自己的职责，只要那个人愿意，他就得等，而那个乡下人却是来去自如的。守门人的工作时间也由乡下人的寿命决定，守门人自始至终都是乡下人的附属品。他们反复强调，守门人似乎什么都不知道，尽管看着不明显。因为那些认为守门人受骗的人，觉得守门人被他的职责骗得很惨。最后，谈到大门的时候，守门人说：'现在我要去把它关上了。'尽管故事的开头就说，法的门一如既往地开着——一如既往——也就意味着，这门是为那个乡下人开的，在那个乡下人活着的时候，门一直是开着的，守门人也没办法关上。关于这一点，有几种不同的看法：有人说，守门人只是在回答问题；有人说，守门人是为了显得自己很敬业；也有人说，守门人想在乡下人临死前让他感到后悔和悲伤；还有很多人说，守门人没法关上门。他们甚至相信，起码到了最后，守门人也深刻地认识到，他是乡下人的附属品。因为乡下人能看到法的门里射出来的光，而守门人，可能只能背对它。他也没说，事情有什么变化。"

"很有道理。"K在低声复述教士解释的几个部分，"很有道理，现在，我也觉得守门人肯定是上当了。不过，这也不是说我抛弃了之前的观点，我觉得，从某种程度上来说，两者是不矛盾的，守门人有没有上当还不清楚。我说过，乡下人被骗了。如果守门人什么都知道，那乡下人有没有被骗还不好说，但如果守门人被骗了，那乡下人肯定也被骗了，那样的话，守门人就不是个骗子，而是头脑过于简单了，这样的人应该被解雇，如果守门人搞错了什么，对他自己也没什么伤害，但乡下人却受到了深深的伤害。"律师说："你这就属于另一种观点了，因为很多人都说，听了这个故事以后，没有人有权力去评判守门人，不管我们怎么看他，他都是在为法服务的，他属于法。所以，人们无权评判他。在这个故事中，我们无法相信守门人是乡下人的附属品。就算他只是在法的门口看门，他也是独一无二的。乡下人第一次来找法的时候，守门人已经守在那儿了，他的地位是法给的，怀疑他的价值就等于怀疑法。"K摇了摇头："我不是很赞同这种观点，如果接受了这种观点，也就等于认可了守门人说的话都是真的。"教士说："不，你不需要认为他说的都是真的，你只要接受就可以了，必须接受。"K说："这个观点太让人无法接受了，谎言成了世界的规则吗？"

K 的语气像是要结束谈话，但这不是他的结论。他太累了，不愿意再想这个故事的不同观点了。他们引导自己思考的那些东西他也不熟悉，都是些不现实的东西，更适合法官们讨论，不适合他，这个简单的故事渐渐模糊了。教士现在挺有同情心的，默默接受了他的观点，没再说什么，虽然他的观点肯定与 K 不同。

他们又默默地走了一会儿，K 离教士很近，却不知道他在哪里，他手里的灯早就灭了。有一次，他觉得自己前面有一尊圣像，身上闪烁着银光，不过很快又消失在黑暗中了，所以他也不会完全依靠教士。K 问："我们现在快到大门口了吧？"教士说："没有，还远着呢，你想走了吗？"K 本来没这么想，不过听教士一说，他立刻就说："嗯，我肯定得走了，我是银行的首席办事员，还有人在等我，我来这儿只是想陪意大利客户参观一下大教堂。"教士朝 K 伸出手："好，那你就走吧。"K 说："可是这么黑，我自己找不到路。"教士说："向左走，一直走到墙，然后沿着墙一直走，你就找到路了。"教士已经离开 K 几步了，但 K 大声喊起来："请等一下！"教士说："我在这儿。"K 问："还有什么我能帮你的吗？"教士说："没有。"K 说："你刚才对我那么好，什么都告诉我，现在又要抛弃我。"教士说："你该走了。"K 说："好吧。"教士说："首先，你得搞清楚我是谁。"

"你是狱中神父。"K又离教士近了一些，其实，他现在并不急着回银行，他更愿意在这儿待着。教士说："也就是说，我属于法院，所以，我需要你给我什么呢？法院什么都不想要。你来时，它就让你进来；你走时，它就让你离开。"

第十章

结　局

明天就是 K 的三十一岁生日了。大概晚上九点钟的时候，街上静悄悄的，两个男人来到 K 的住处，他们穿着礼服，面色苍白，身体臃肿，头上戴着一顶像是脱不下来的大礼帽。他们在大门口谦让了一番，又在 K 的房门前谦让了一番。这一切，K 都一无所知。此时，他正穿着一身黑衣服坐在门口的扶手椅上，他慢慢地戴上一副新手套，新手套有点儿紧。K 似乎在等什么人。K 起身，好奇地打量着自己面前的两个人："你们是来找我的？"这两个人鞠了个躬，脱帽致意。K 提醒自己要等的人不是他们，他走到窗边，又看了看黑暗的大街。街道对面，窗户也几乎都是黑的，许多窗户还拉着窗帘。有些窗户亮着灯，几个孩子在栏杆后面玩耍。他们过不去，只好朝对方伸出手。K 嘀咕着："他们派给我的，是这种老套的小角色。"他四下打量着，肯定地说："他们想少花几个钱，就把我给收拾了。"他猛然转身："你们在哪个剧院演出？"

"剧院？"一个人撇了撇嘴向同伴求助，他的同伴表情木讷，像是在努力克服什么生理缺陷。K说："看来你们还没准备回答问题。"接着，他就去拿自己的帽子了。

他们走到楼梯上，二人打算架着K的胳膊，但K说："到街上再架吧，我又没生病。"二人的肩膀紧靠在K的肩膀后面，用胳膊整个缠住K的胳膊，娴熟地控制住K的双手。这种抓法很正式，让人无法反抗。K被紧紧抓住，身子扳得挺直，他们现在是一个整体了，哪个人摔倒了，所有人就都得摔倒。

每路过一盏灯，K就试图看清楚他们的脸，但是他们挨得太近了，刚才在房间里时，灯光昏暗，几乎不可能看清。现在，K看到了他们大大的双下巴："可能是男高音。"他们的脸颊很干净。

K注意到这一点就停下来，那两个人也只好跟着停下来。这是一个广场的边缘，没有人，却装点着花床。"他们为什么派你们来！这么多人！"与其说K在问，不如说他在喊。二人显然无话可说，他们等着，胳膊自然垂下，像护士在等病人休息。"我不走了。"K说完这句话，似乎是想看看什么情况。那两个人无须回答，只要抓着K紧紧不放就好了。他们试图拖着K往前走，但K在反抗。他想："反正我等会儿也不需要再用多少力气了，何不现在用完。"他想起了那些拼命扯断细腿，也想从粘蝇板上挣脱的苍蝇。"这两个人，有他们累的了。"

这时，布尔斯特纳小姐出现了，她从地势较低的一条小街上上了几级台阶走到广场。不能完全肯定是她，但长得很像她，到底是不是她，K不在乎。重要的是，他突然明白了，反抗一点儿用都没有。即使他反抗，在生命的最后一刻拼一下，给这两个人找点儿麻烦，也称不上英雄。他又开始走了，那两个人高兴起来，他们的情绪也传染给了K。现在，他们允许K自己选择方向了，K选择了前面那个年轻女士的方向。不是因为他多想追上她，也不是因为他想一直看着她，而是因为他不会忘记她给自己带来的耻辱。"我现在唯一能做的事就是保持理智，做正确的选择，一直到生命的最后一刻。"他对自己这样说，看到自己的脚步和二人的脚步如此合拍，更坚定了他的看法，"我一直想反抗这个世界，做了那么多努力。我这么做，甚至是为了一些高贵的东西。我错了。我现在是不是该告诉他们，一年的审讯，我什么都没学到？我是不是应该像个愚蠢的人那样离开？我死了以后，是不是该让人这样评价：审讯之初，我想快点儿结束。现在结束了，我又期待能重新开始？我不想让人这样评价我。我很感激他们派了这两个人来送我一程，他们不怎么说话，也不怎么理解别人的话，这样，那些必须要说的话要不要说就是我的自由了。"

同时，年轻女人消失在一条旁街里。但K现在离不开她，就让那两个人带着他走。他们三个现在完全达成一致了，在月光下走过一座桥，K在微微往边上挪，带领着他们三个人的方向，他们两个现在很迁就K。月色明亮，月影在水中荡漾，被一个小岛劈成两半，岛上植被茂密，树木繁盛，树下有石子路，有舒服的石凳。夏天的时候，K曾多次躺在石凳上休息。现在，从他们三个的角度，看不见石子路，也看不见石凳。"我其实不是真的想在这儿停下。"他们如此迁就K，让K觉得有些不好意思。K的背后，一个人似乎在静静地批评同伴误解了K的意思，于是竟然停下来了。然后，他们又继续往前走，他们走过几条街，到处都有警察，或走或站，有些在远处，有些离他们很近。有个人留着大胡子，手握在剑把上，似乎是有意要接近他们。那两个人停住了，警察似乎要开口，K却强迫他们继续往前走。他好几次警惕地回头，看看警察跟上来没有，后来他们拐了个弯，警察还没跟着拐过来时，K跑了起来。那两个人尽管跑得上气不接下气，也得跟着K一起跑。

跑着跑着，他们发现他们已经离开了街区，跑到了郊外，这块区域和街区之间几乎没什么过渡的建筑。在一幢看着还像街区的大楼旁边有个空荡荡的被遗弃的采石场，他们停下了，可能是因为这是他们的目的地，也可能是因为他们太累了。他们松开K，K默默地等着，他们摘掉帽子四下看了看采石场，用手帕擦掉额头上的汗。月光如水，四周平静。

那两个人又客套了几句，讨论谁该做接下来的工作——他们似乎还没分配好具体的工作——其中一人走向K，脱去了他的外套、马甲，还有他的衬衫。K冻得哆嗦了一下，那两个人轻轻地拍了拍他的后背以示安慰。然后，他认真地把这些衣服整理了一下，好像还会用到似的，虽然近期是用不到了。他不想让K暴露在寒冷的夜风中，就抓住K的胳膊，陪他走了一小段路。另一个人四下看了看采石场，找了一个合适的位置，做了个标记，他的同伴护送他到那儿。那人选的地方在岩面附近，那儿有块石头破碎成几块。他们让K坐在地上，靠着那块石头，他们把他的头搁在石头上。尽管他们做了所有的努力，尽管K也非常配合，他看上去还是像被强迫的。所以，其中一个人让同伴给他点儿时间，他独自把K摆到位置上，不过那也没什么用。最后，他们随便给K摆了个姿势，迄今为止试过的最糟糕的姿势。其中一人松开外袍大衣，从马甲皮带的刀鞘里抽出一把屠夫刀，他举起刀，在月光下照一照，试试它的锋利度。令人反感的客套又开始了，一人把刀从K的头顶上递给对方，对方又把刀递回来。K现在觉得，他有责任把刀接过来直接插入自己的胸口，但他没那么做，而是缩紧脖子，四下张望。他没能展示出自己的全部价值，没能接过那两个人手里的刀，他缺少最后的勇气，谁没给他勇气就该怪谁。四下张望时，他看到采石场旁边的顶楼有一道微光闪烁，两扇窗户开着，一个人突然探出头来挥舞着胳膊。因为太高太远，那人显得十分瘦弱。是谁呢？一个朋友？一个好人？一个参与了他案子的人？一个想帮忙的人？就他一个人吗？还是所有人？有人帮忙吗？是不是有什么反对意见忘了提出来了？肯定有的。逻辑是扳不倒的，不过想活下去的人就不会太坚持这一点了。他从没见过的法官在哪儿？他从没去过的高等法院在哪儿？他举起双手，张开十指。

但是，一个人已经把手放在 K 的喉咙上了，另一个人则用刀深深地刺入了他的心脏，并且在里面转了两下。在视野模糊之前，K 看到那两个人的脸，他们在等待着结果。K 说："像一条狗。"仿佛在说，在他死后，耻辱仍长留人间。